Anna Kim

Fingerpflanzen

ERZÄHLUNGEN

mit und nach Bildern von

Kristian Evju

Topalian & Milani Verlag

August 2017

Liebe Maike,
vielen Dank für
Deine Hilfe und
die Unterstützung!

Deine Sanja

Anna Kim

Fingerpflanzen

Anna Kim

Fingerpflanzen

ERZÄHLUNGEN

mit und nach Bildern von

Kristian Evju

Topalian & Milani Verlag

Nasenhörner

Es war der Brief einer Ehefrau, genauer gesagt, *seiner* Ehefrau; die Schrift war ungeübt, krakelig, die As und Os viel zu bauchig, die Is mit einem Heiligenschein versehen und die Ws fleischige Hinterteile. Die Buchstaben lösten kein positives Gefühl in ihm aus, im Gegenteil, er musste sich überwinden, das Blatt nicht sinken zu lassen. Es geht um den Inhalt, Schmidt, ermahnte er sich, und begann zu lesen.

„Sehr geehrter Herr Schmidt", schrieb Irina Krantz, vormals Schmidt, „es kann Ihnen wohl kaum entgangen sein, dass wir vor drei Jahren in den Stand der Ehe traten. Seit der Zeremonie aber, die trotz aller Kürze feierlich war und mir das Gefühl gab, geschätzt zu werden, betraten Sie nicht unser Heim, das von diesem Tag an halb möbliert blieb – Sie erinnern sich vielleicht, wir einigten uns darauf, die Gestaltung der Wohnung aufzuteilen: Sie erboten sich, die Diele, das Arbeitszimmer und das Schlafzimmer zu übernehmen, meine Aufgabe war es, das Badezimmer, die Küche und das Wohnzimmer einzurichten. Diele, Arbeitszimmer und Schlafzimmer sind nach wie vor leer, ich habe mich an unsere Abmachung gehalten und sie nicht betreten, denn auch das war Teil unseres Gelübdes, keinen Einfluss auf das Reich des Anderen zu nehmen, und wie Sie sagten, bedeutet bereits die bloße Anwesenheit Einflussnahme.

In diesen drei Jahren führten wir eine Ehe, wie ich sie mir immer vorgestellt hatte: Dadurch, dass Sie mir nie widersprachen, gaben Sie mir in allem Recht. Besserwisserei war nie ein Thema, denn Sie sagten nichts. Morgens sprachen Sie nichts, und auch abends, wenn ich von der Arbeit nach Hause kam, blieb in Ihren Räumen das Licht aus. Und doch fiel mir Ihre Abwesenheit nicht auf, vielleicht deswegen, weil ich unentwegt nach Ihnen gefragt wurde. „Wie geht es Ihrem Mann", wollten meine Kollegen wissen, „wie war die Hochzeitsreise? Aufregend? Romantisch?" Und sie warteten meine Antwort nicht ab, sondern beantworteten ihre Fragen selbst: „Gewiss nicht so aufregend wie die ersten Wochen nach der ersten Begegnung", sagten sie, „dafür ist bereits das Vertrauen da, das die Aufregung allemal abwertet, und romantisch, natürlich, wie können sie anders sein als romantisch, die ersten Wochen als Ehepaar, man weiß einander noch zu schätzen... Natürlich", sagten sie, „geht es Ihrem Mann gut, Sie strahlen ja förmlich vor Glück." „Sie sind ein Glückskind", so lautete der Tenor, „wir freuen uns für Sie."

Vielleicht war es deren Freude, die auf mich abfärbte, vielleicht war es die Freude, dass Sie vor dem Standesbeamten Ihre Zustimmung zu einer Ehe mit mir gegeben hatten – ich war tatsächlich glücklich, und es störte mich nicht, dass aus Ihren verschlossenen Räumen Dunkelheit strömte, sowie der Geruch nach Leere.

So verging das erste Jahr.

Im zweiten Jahr schien mir, als würden Sie zu wenig im Haushalt mithelfen. Immer füllte *ich* den Kühlschrank mit den Wurst-, Schinken- und Käsesorten, die Sie auf die Liste der akzeptablen Lebensmittel gesetzt hatten. Ich achtete darauf, dass sich in der Vorratskammer stets frische Äpfel, Birnen, Tomaten, Karotten und Gurken, Essiggurken und saure Zwiebelchen, eine Tafel Milchschokolade und eine Flasche Grauer Burgunder befanden. Ich legte sie, wie wir es abgesprochen hatten, auf Ihre Regalhälfte und schrieb die Kosten in ein Notizheft, das ich in Kopie diesem Brief beigefügt habe. Nach Ablauf einer Woche warf ich das schlechte Obst und Gemüse weg und überprüfte das Ablaufdatum der Essiggurken, Zwiebelchen und Schokolade. Meine Regalhälfte hingegen blieb unangetastet, obwohl ich Ihnen kurze Zettel schrieb: „Bringen Sie mir bitte eine Flasche Mineralwasser mit. Danke, I.“

Zu unserem zweiten Hochzeitstag hatte ich mir eine Flasche Sekt gewünscht. Ich schrieb Ihnen meinen Wunsch auf einen roten Notizzettel, der auf der Rückseite haftet, und klebte ihn an den Spiegel, Sie ignorierten meine Bitte. Sie ignorierten auch diesen Hochzeitstag, und ich feierte ihn, wie auch den letzten, alleine in unserem italienischen Restaurant, La Gondola. Ich bestellte für Sie eine Minestrone und Piccata milanese mit grünem Salat und für mich Penne all'arrabbiata und gegrillten Lachs, dazu eine Flasche Chianti, und am Ende des Abends war die Flasche halb voll. Ich konnte es nicht fassen, mit einem derart unzugänglichen Mann verheiratet zu sein und machte eine Szene im Restaurant. Ich schrie Sie an, Sie hätten sich nie um mich gekümmert, Sie kümmerten sich nur um Ihre Arbeit, sie versänken förmlich in ihr, und wenn Sie abends nach Hause kämen, verschwänden Sie sofort in Ihrem Zimmer, schlössen die Tür zu und löschten das Licht aus. „Mit einem wie Ihnen", schrie ich den Kellner an, „kann man nicht verheiratet sein!", und stürmte aus dem Lokal.

Die Rechnung beglich ich nicht; ich bezweifle, dass Sie das taten.

Ein paar Monate später nahm ich einen süßlichen Geruch in der Wohnung wahr. Ich folgte ihm mit meiner Nase, da ich seine Quelle vernichten wollte, schnupperte die Wände entlang, bis ich an die Schwelle des Schlafzimmers kam. Hier blieb ich stehen, ich wollte unsere Vereinbarung nicht brechen, aber ich konnte es riechen, das Parfum, das diesem Raum entströmte, ein süßlicher, schwerer Duft, und ich war sicher, in diesem Moment war ich sicher, dass Sie mich betrogen. Natürlich, dachte ich, wie hatte ich nur so blind sein können, aus diesem Grund schützt er eine Scheinanwesenheit vor, er betrügt mich mit einer anderen Frau, und nachdem ich mit Ihnen gestritten, Sie verflucht, Sie angeschrien hatte, nachdem ich mich in eine Ecke verkrochen und geweint hatte, nachdem ich diese Tränen getrocknet hatte, verzieh ich Ihnen – nicht ohne zuvor ins Schlafzimmer getrippelt zu sein und eine Runde gedreht zu haben. Kein Stofftaschentuch, das in Parfum getränkt worden war, kein Hemd mit Lippenstiftabdruck. Sie sind ein viel zu subtiler Mann, ich hätte Sie niemals unterschätzen dürfen; nur ein Indiz, eine Blume, die sich an der Fensterscheibe rieb, hat Sie verraten, eine weiße Lilie, keinesfalls heimisch in diesen Büschen, sie steckte zwischen den grünen Ästen und sprang in meine Augen.

Nun wusste ich, wem ich Ihren Seitensprung zu verdanken hatte: der Person, die, als ich sie das letzte Mal gesehen hatte, einen Strauß weißer Lilien in ihrer Hand getragen und mich aus ihren Augenwinkeln abschätzig gemustert hatte, als ich gesagt hatte: „Was für traurige Blumen." Sie hatten sie in letzter Minute ausgewählt, es war ein abgekartetes

Spiel gewesen, heute ist mir das klar, damals hatte ich Ihnen geglaubt, als Sie gesagt hatten, Sie hätten sie von der Straße geholt, sie wäre bereit, für uns Trauzeugin zu spielen. Ja, das war es, was Sie gesagt hatten: „Sie ist bereit, für uns Trauzeugin zu spielen“. (Das Wort *spielen* war vierfach unterstrichen, und Schmidt dachte, diese Art zu unterstreichen habe er schon einmal gesehen).

Ich versuchte, die Blumenfrau zu finden, ging die Straßen in der Nähe des Standesamtes auf und ab. Ich fand das Blumengeschäft, es gab nur eines, ich sah ähnliche weiße Lilien, brachte aber nicht den Mut auf nachzufragen, vielleicht, kam es mir in den Sinn, kaufte sie solch einen Strauß nur ein einziges Mal, und der Mut verließ mich, denn meine Gedanken erschienen mir mit einem Mal absurd.

Die Lilien aber ließen mir keine Ruhe. Eine Woche hielt ich mich von der Straße fern, länger hielt ich es nicht aus, am Montag stand ich wieder vor dem Geschäft. Und diesmal hatte ich Glück, *sie* war es, sie kam aus einer Seitenstraße, ging an mir vorbei und hinein in den Laden. Die Ladenglocke bimmelte, dann sah ich sie und die Verkäuferin durch das Schaufenster gestikulieren, ein paar Lilien wurden aus der Vase gefischt und zu einem Strauß gebunden, und schon schlenderte sie wieder an mir vorbei.

Fast hätte ich meine Gelegenheit versäumt – fast hätte ich es versäumt, meine Tasche mit einem dicken, fetten Stein zu füllen und ihr damit den Hinterkopf zu zertrümmern; der Zusammenstoß des Tascheninhaltes mit ihrem Schädel verursachte einen dumpfen Knall, nach dem sie zu Boden ging.

Ich stieg in die nächste Straßenbahn. Den Stein legte ich unter meinen Sitz.

Mit Beginn des dritten Jahres begann ich mich nach einem Ehetherapeuten umzusehen. Sie schienen nicht daran interessiert zu sein, eine Ehe mit mir zu führen, aber noch wusste ich nicht, ob ich das Thema Scheidung ansprechen wollte. Ich vereinbarte einen Termin mit Dr. Schubert am Dienstag um 19 Uhr in seinem Büro in der Wallstraße. Ich war wie immer überpünktlich, Dr. Schubert bat mich, auf der Couch gegenüber dem braunen Ohrensessel Platz zu nehmen, dann warteten wir auf Sie.

Wir warteten eine halbe Stunde, verbrachten diese Zeit mit dem Austausch von Floskeln, schließlich unterbrach Dr. Schubert unsere dritte Konversation über das Wetter, diesmal dem Wetter von vor vier Jahren, und bat mich, ohne Sie anzufangen und ihm zu erzählen, weshalb ich diese Eheberatung wünschte und was ich mir von ihr erhoffte.

Ich sagte, ich erhoffte mir, meine Ehe zu retten, nach nur zwei Jahren wäre es schade, die Fortsetzung einer dermaßen feierlichen Zeremonie so plötzlich und ohne Sentimentalitäten zu beenden. Er antwortete, er verstünde, was ich meinte, ich sollte weitersprechen. So zählte ich all jene Dinge auf, die mich an Ihnen von Anfang an gestört hatten: Ihren Geiz, Ihre Kühle, Ihre Unnahbarkeit, Ihre in Wortlosigkeit getarnte Arroganz, nicht zuletzt Ihre immerwährende Abwesenheit. Am Ende der Sitzung fühlte ich mich besser, und als Dr. Schubert meine Hand nahm, sie drückte und sagte, gut gemacht, störte es mich auch Stunden später nicht, dass es in Ihren Räumen dunkel blieb und Sie, wie jede Nacht, vorgaben, nicht da zu sein.

Doch je öfter ich mit Dr. Schubert über unsere Ehe sprach, desto unangenehmer empfand ich Ihre Existenz. Schließlich verwandelte sich das unangenehme Gefühl in Ekel und völliges Unverständnis gegenüber meiner Entscheidung der Eheschließung von vor drei Jahren. Aber je mehr ich mich von Ihnen entfremdete, desto näher kam mir Dr. Schubert. Er war in allem Ihr Gegenteil: Er war freundlich. Er lachte. Er sprach viel und gerne. Seine Präsenz war zwar erdrückend, aber anziehend, und wenn nach der Sitzung noch eine Stunde bis zu den nächsten Klienten Zeit blieb, drückte er mich auf die Couch und sich neben mich.

Unsere Affäre war praktisch und pünktlich. Vor zwei Wochen jedoch stellte mich Dr. Schubert vor die Wahl und sagte: „Er oder ich." Ich wählte ihn. Aus diesem Grund schreibe ich Ihnen, Herr Schmidt: Ich möchte Sie bitten, das beigefügte Formular für eine einvernehmliche Scheidung auszufüllen und an mich im frankierten und adressierten Antwortkuvert zurückzusenden.

Vielen Dank.

Ihre Irina Krantz, vormals Schmidt"

Schmidt brauchte eine Weile, bis er sich an die Lilienfrau (wie hieß sie doch gleich, richtig, Heine oder Heinrich?) erinnerte. Bei dieser Gelegenheit fiel ihm die Hochzeit mit Irina ein, schließlich Irina selbst; er meinte nun endlich zu verstehen, was es mit dem Zettel auf sich hatte, der seit drei Jahren auf seiner Eingangstür klebte: Fasanenstraße 12.

Er löste das kleine, quadratische Blatt vom Holz und schmiss es in die Mülltonne.

Herr Heinrich aß aufgewärmte Erbsensuppe, als es an der Tür klingelte. Er erwartete keinen Besuch; er war nur für eine halbe

Stunde aus der Arbeit nach Hause gehuscht, um seine mittägliche Suppe zu essen …

Ratlos starrte er auf die Wohnungstür, als es ein zweites Mal klingelte.

„Wer ist da?", fragte er.

„Post", sagte eine Stimme.

„Einen Moment", sagte Herr Heinrich und wischte die feuchten Pfoten am Hosenbein trocken.

Es war ein Brief, ein hochoffizieller Brief, wie der Postbote betonte, Standesamt, war als Absender angegeben. Der Brief enthielt einen zweiten Brief im Umschlag sowie eine Karte, in der auf die Übermittlung des Briefes hingewiesen wurde. Herr Heinrich öffnete das zweite Kuvert.

„Sehr geehrte Frau Heinrich", schrieb der Absender, „seit unserer Begegnung vor drei Jahren bei meiner Hochzeit hatte ich Sie vollkommen vergessen, bis mich ein Schreiben an Ihre Existenz erinnerte, ein Brief meiner Frau, der erste und letzte, den ich von ihr erhielt, in dem sie die Scheidung verlangte. Als Grund für diese plötzliche und für mich vollkommen überraschende Entscheidung gab sie Sie an, ich hätte sie mit Ihnen betrogen, Sie mehr geliebt als die mir Angetraute. Die Leidenschaft, schrieb meine Frau, habe uns vor zwei Jahren ereilt. Leider beschreibt sie nicht die näheren

Umstände unserer zweiten Begegnung, ob und wie sehr wir mit uns ringen mussten, um schließlich die gesetzliche Hürde zu umgehen, ich für meinen Teil glaube, dass ich sehr gegen mich ankämpfen musste, für Sie kann ich nicht sprechen. Es muss in diesen zwei Wochen geschehen sein, von denen in meinem Kalender keine Notizen existieren, aber wann immer ich an diese vierzehn Tage denke, habe ich ein melancholisches Gefühl in meinem Kopf, das mich bis hinter die Ohren wärmt ...

Und nun glaube ich mich daran zu erinnern, nach Ihrer Hand gegriffen und sie gedrückt zu haben, und ich glaube mich zu erinnern, dass Sie den Druck meiner Hand mit Ihrer erwiderten; vielleicht gab es auch einen Spaziergang in der Allee der Kastanienbäume, deren Blätter im Sommer völlig zerfressen von Raupen ein kahles, erbärmliches Bild abgeben, auch daran glaube ich mich zu erinnern, jetzt, da ich Ihren Händedruck spüre.

Ich schreibe Ihnen, weil ich mich bei Ihnen entschuldigen möchte; ich hätte Sie niemals in diese unmögliche Lage bringen dürfen. Ich hoffe, dass Sie mein Verhalten verzeihen können.

Immer

Ihr Schmidt“

An diesem Tag ging Herr Heinrich nicht, wie all die anderen Tage zuvor, nach dem letzten Suppenschluck zurück in sein Büro, sondern packte, noch ehe er sein Mittagessen beendet hatte, seine sieben Sachen und zog bei seiner Ehefrau aus, die diesen Abend vergeblich auf ihn wartete.

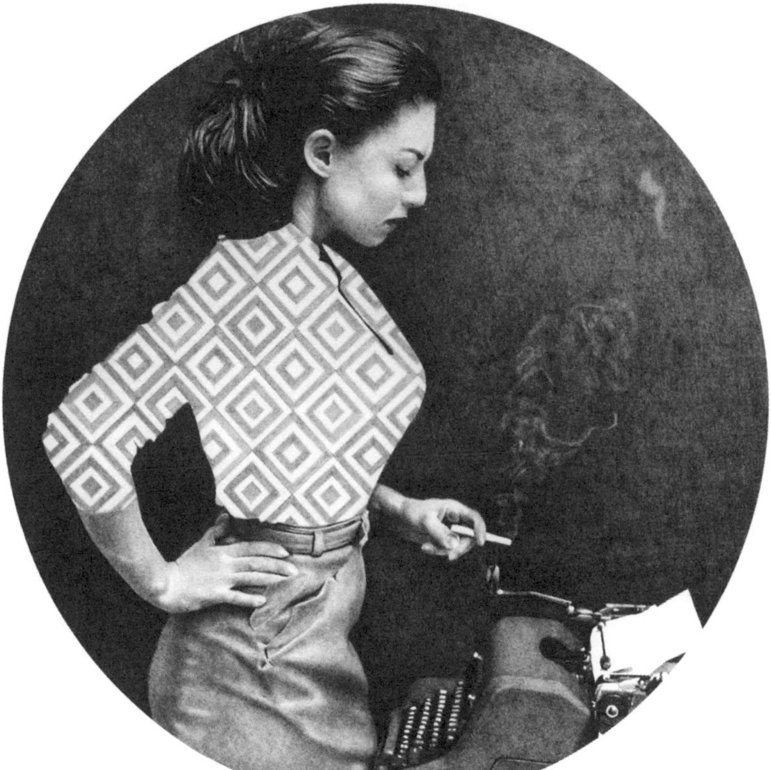

Die unerwünschte Liebe in der Montrose Street

Ich traf Edwin Frank an einem lauen Sommerabend nach einer Lesung, die unerwartet kurzweilig gewesen war; er hatte eine Zigarette in der einen und ein Glas Rotwein in der anderen Hand, obwohl ich wusste, dass er ausschließlich Bier mochte und Pfeife rauchte. Sein Bart war, anders als sonst, struppig, verwildert, Edwin musste vergessen haben, ihn zu kämmen, mit dem eigens dafür vorgesehenen Kamm, den er getrennt von den Pinzetten und den halb ausgedrückten, klebrigen Tuben in einer schmalen Schublade aufbewahrte, in einem Geheimversteck: Die Lade war so dünn und klein, dass nur Augen, die von ihrer Existenz wussten, den winzigen Griff bemerkten.

Edwin kannte mich seit dreizehn Jahren, ich ihn seit elf; das heißt, er kannte meine Gedichte, meine Sonette und Haikus, seit dreizehn, meine Person jedoch seit elf Jahren, an jenem Abend knabberten wir das zwölfte Jahr an, eine Feststellung, mit der ich unsere Begegnung nach Lesungsende kommentierte, auf die er jedoch nicht antwortete. Stattdessen drehte er mir den Rücken zu.

Seine schlechte Laune, die sich in dieser wie mir schien unverhältnismäßig unhöflichen Geste manifestierte, ärgerte mich, und ich überlegte, ob ich mir dies gefallen lassen musste. Die Antwort lautete, ja, ich musste, ich fühlte mich geradezu verpflichtet herauszufinden, was der Ursprung dieser Verstimmung war, wenn ich nicht eine der letzten Publikationsmöglichkeiten verlieren wollte, die ein Dichter von Haikus noch besaß. Ich drückte also meine Zigarette aus, ignorierte meinen Ärger und nahm einen großen Schluck vom viel zu trockenen Wein. „Winnie“, sagte ich in einem beschwichtigenden Tonfall, „was ist los? Du bist doch sonst nicht so melancholisch?“ Dies war eine Übertreibung; meines Wissens nach wurde die Welt ausschließlich von einem melancholischen *Winnie* bewohnt.

Edwin warf mir einen finsteren Blick zu. Ich könne gut reden, brummte er, ich sei schon seit Jahren glücklich vergeben, er hingegen – nun war ich sicher, eine Klage über die Monotonie des Single-Daseins zu hören – habe es bisher geschafft, diesen instabilen Seinszustand zu vermeiden, doch seit kurzem sei auch er von dieser Krankheit befallen. „Krankheit,“ hakte ich nach. Er nickte eifrig. „Krankheit, wie soll man das sonst bezeichnen, diese widerliche Abhängigkeit?“ Er habe sich mit ihr in der Montrose Street angesteckt, Norma sei ihm dort über den Weg gelaufen, buchstäblich über den Weg gelaufen, er habe die Kollision nur vermeiden können, indem er rechtzeitig zur Seite gesprungen sei, ein Sprung, der ihn einige Meter über den Asphaltboden katapultierte und den er bloß mit Mühe in eine elegante Notlandung verwandelte. Norma, unterbrach ich ihn, sie heiße also Norma? Wieder nickte Edwin. Seine Krankheit trage den Namen Norma Jean, die weißblonden Locken, die auf ihrem Skalp wucherten, seien allerdings im Gegensatz zu jenen der Namensvetterin echt, kein Bleichmittel notwendig, hundert Prozent Natur. Überhaupt sei alles an ihr hundert Prozent Natur. Was mache denn dann, ich konnte es mir nicht verkneifen, die Befragung fortzusetzen, die Krankheit zu einer Krankheit?

„Die ersten Wochen der Verliebtheit sind im Normalfall wonnevolle Tage“, fügte ich hinzu, „sogar wenn die Liebe unerwidert bleibt, und“, fiel mir in diesem Moment ein, einzuwerfen, „sie wird doch erwidert, oder?“

Edwin senkte den Blick. Langsam nickte er. Sie werde erwidert, oh, wie sie erwidert werde. Tatsächlich glaube er, dass es die Heftigkeit ihrer Liebe gewesen sei, welche die seine erst zum Vorschein gebracht habe. Hätte sie ihn nicht mit dieser Vehemenz und Insistenz verfolgt, hätte er sich nie in sie verliebt, er hätte sie wahrscheinlich nicht einmal wahrgenommen. Sei sie denn so unscheinbar, fragte ich?

Mich begann die Geschichte zu interessieren; was als ein Austausch von Höflichkeiten aus rein opportunistischen Gründen begonnen hatte, small talk der übelsten, hohlsten Sorte, hatte sich bei mir in

Anteilnahme verwandelt: Bei Liebeskummer fühlte ich mich zuständig. Ich würde mich zwar nicht als Experten bezeichnen, aber als Wissenden, der eine Stufe über den Betroffenen steht, ein von der Liebe Gezeichneter, der sich im vollen Bewusstsein der Destruktivität der Liebe in die Fänge derselben begibt und gar nicht versucht, sich ihrer zu erwehren, sondern sie vielmehr in ihrer Komplexität und Vielschichtigkeit erforscht; meine Gedichte, mein *Werk*, wenn man so will, sind die Wort gewordenen Erkenntnisse dieser Feldforschung.

Ich erklärte also dem Unwissenden, dass unscheinbare Frauen eine besondere Lust an der Offenbarung ihrer Gefühle entwickelten, eine Lust, die an Masochismus grenze.

Edwin warf mir einen skeptischen Blick zu, ich wappnete mich: Ich hatte meine Theorie schon öfter verteidigen müssen. Norma, sagte er schließlich, sei alles andere als unscheinbar, im Gegenteil, sie sei eine Erscheinung, groß, schlank, mit langen weißblonden Haaren und ebenso dunkelbraunen geistvollen Augen. Die Federboa, die sie anstelle eines Schals um ihren Hals geschlungen habe, verleihe ihrem Auftritt ein dramatisches Flair. Auch spreche sie wenig, sie bewege sich durch das Leben mit so wenig Worten wie möglich, ihrer philosophischen Überzeugung nach sei es die Wort-Sprache, die Missverständnissen zur Dominanz verholfen habe. Körpersprache, so meine sie, sei weniger anfällig für Irrtümer, da Gestik und Mimik auf einer gefühlvollen Verbindung basierten, auf einem Band, das Sprache in dieser Ursprünglichkeit und letztlich Intensität niemals schaffen könne.

„Oh“, antwortete ich betreten, „du hast es mit einer Linguistin zu tun.“

„Nein“, antwortete Edwin, „sie ist Schauspielerin und Soziologin.“

Und nach einer kurzen Pause: „Soziologische Schauspielerin.“

„Ist es womöglich das Fehlen jeglicher sprachlichen Kommunikation gewesen, das die Liebe möglich machte?“, fragte ich stotternd, etwas verwirrt und besorgt angesichts der Aussicht, zu einem wortlosen Wesen degradiert zu werden, zu einer Vorform des Homo sapiens.

Edwin nahm einen großen Schluck Wein und setzte das Glas auf dem Tisch ab, auf dem sich bis vor kurzem noch die Bücher der Vortragenden befunden hatten; sie waren wieder in die Bücherschachtel des Buchhändlers gewandert, nur einige wenige hatten neue Besitzer gefunden. Dies war ein Umstand, der mir schon immer Unbehagen bereitet hatte: Bücher ohne Heim, heimatlose Bücher, für mich gab es nichts Traurigeres. Edwin, den Lektor, nahm dieser Missstand nicht mit, er näherte sich dem bücherlosen Tisch mit einer Unbefangenheit, die mir klar signalisierte, dass er selbst in einer buchfreien Welt glücklich sein konnte – jetzt erst recht, dachte ich, mit einer wortlosen Geliebten, und knirschte etwas mit den Zähnen.

Der Adressat meiner Aggression ignorierte meine Missbilligung. Unbefangen schob er sein leeres Weinglas auf der Tischplatte hin und her, die Tischdecke wölbte, rollte sich ein, zeigte Wülste, die sie vorher nicht gehabt hatte, dicke, fette Wülste, *Würste*, doch Edwin kümmerte dies nicht, er rückte das Glas hin und her, mal zog er es, mal ließ er es über die Hindernisse hopsen; die Leerstelle, die die Bücher hinterlassen hatten, bemerkte er nicht. Es sei ihre Schuld, erklärte er, dass er nun wie ein Vieh im Augenblick lebe, ohne zu überlegen, was der nächste bringen werde, sie habe ihn in einen *natürlichen Zustand* versetzt, und er sei bestürzt, jammerte er, dass nun die Arbeit all der Jahre, der Kindheit, Jugend und der Studentenjahre zunichtegemacht worden sei, von einer Federboafrau!

Er vergrub sein Gesicht in den Händen. Der erlesene Edwin, Schrecken aller Londoner Lyriker, stand in der Mitte der Bibliothek, in der Wein getrunken, Cracker geknabbert, Käse genascht und über die Redundanz der Poesie im einundzwanzigsten Jahrhundert gesprochen wurde, und heulte wie ein Schlosshund. Ich wusste nicht, ob ich ihn bemitleiden sollte, oder heimlich in mich hineinlachen, Schadenfreude ist meine Sache, ich schäme mich nicht, dies zuzugeben, es gibt für meinen Geschmack kaum eine größere Freude als Schadenfreude, vor allem, weil der vollkommen aufgelöste Herr vor mir schon manch eine dichtende Existenz (mich eingeschlossen) in zumindest einen partiellen Wahnsinn getrieben hatte.

Nachvollziehen konnte ich seine Verzweiflung ebensowenig, denn Edwin hatte erklärt, nicht nur zu lieben, sondern auch geliebt zu werden. Ich wandte mich also einem anderen Gesprächspartner zu, der sich uns mit neugierigem Blick genähert hatte, bedeutete diesem, eine Ecke zu reservieren, in der ich die ungewollte Liebe des Edwin Frank erläutern würde. Edwin bemerkte meinen Rückzug nicht, auch nicht die Stille Post, die ihn mit einer Wörterwolke umschloss.

Ein Monat später wurde ich vom Herausgeber einer anderen Lyrik-Zeitschrift zum Abendessen eingeladen. Es war ein für meine Verhältnisse spontanes Treffen, da ich meine Verabredungen Monate im Voraus zu planen pflege; Spontaneität ist Jeanie, meiner Lebensgefährtin, ein Gräuel. Nicht, dass sie über meinen Zeitplan bestimmte, ich bemühte mich schon seit Jahren, sie von meinem Leben und meiner Wohnung fern zu halten, wie lange ich dies noch tun konnte, ohne die Beziehung zu gefährden, wusste ich nicht; vermutlich nicht mehr allzu lange.

David Pierce kam bereits bei der Vorspeise zur Sache: Ich müsse intervenieren, sagte er, ich müsse intervenieren oder es werde *Poetry* nicht länger geben, Edwin vernachlässige sein Magazin in einem kriminellen Ausmaß. Was könne ich tun, fragte ich, wie solle ich einschreiten, per E-Mail, Telefon, Brief oder doch besser Brieftaube, doch Pierce war an meinen Fragen nicht interessiert. Es bringe ihn auf, es nehme ihn mit, die ganze Sache sei schrecklich, vollkommen aus dem Ruder gelaufen, sicher, jeder Mensch habe das Recht auf ein Privatleben, aber das Private solchermaßen über die Arbeit zu stellen, sei unerhört, eine Anmaßung, ein Affront, eine Unverschämtheit! Gerade von Edwin, erklärte er, ohne sich im mindesten darum zu kümmern, dass er mir, ungeniert redend und essend, die verschiedenen Stadien der Nahrungsmitteleinnahme vorführte, habe er mehr erwartet, Edwin sei stets so beherrscht gewesen, beherrscht sei sogar ein Euphemismus, er sei ein Roboter gewesen ohne Gefühle, alle hätten sich gewundert, dass er Liebesgedichte gelesen und veröffentlicht habe! Nun, rückblickend, sei ihm alles klar, echauffierte sich Pierce, *Winnie* habe Liebesgedichte abgedruckt, *weil* er *nicht* liebte. Mit seiner Liebe gefährde er die Poesie, er bringe die Dichtung in Bedrängnis, wir würden ohnehin schon unterdrückt von der Prosa, von der verteufelten Prosa, die alle kaufen, wenn auch nicht lesen wollen! Erschöpft ließ Pierce die Gabel zwischen den Fingern baumeln; nach seinem Geschaufle wirkte sie verbogen.

„Ist es noch immer diese Norma?“, fragte ich. Pierce nickte resigniert. „Hast du sie getroffen?“, fragte ich weiter. Pierce schüttelte den Kopf. Niemand habe sie gesehen, manche glaubten schon, Edwin habe sie sich ausgedacht. Er grinste schwach. Das wäre ja etwas, wenn es diese Norma gar nicht gäbe, und Edwin würde sie sich bloß einbilden. Die eingebildete Freundin. Pierce winkte der Kellnerin zu, bestellte einen Espresso für sich, mich ließ er nicht zu Wort kommen; ich gab vor, nichts bestellen zu wollen, obwohl ich mich für einen Kaffee durchaus hätte begeistern können.

Während er eine Zuckertüte nach der anderen in sein Gebräu leerte, erzählte er mir alles, was er über Norma wusste: Sie sei Anfang Vierzig, kinderlos, geschieden, keine Schauspielerin, aber Soziologin. Sie habe dunkle Haare und dunkle Augen. Sie trage mit Vorliebe Kleider aus vergangenen Epochen. Ihr Lieblingsstück sei eine weißgraue Federboa. Sie sei wortkarg, was Edwin, der sein Leben lang unter wortreichen

Menschen verbracht habe, besonders anziehend finde. Unklar sei, ob sie mit Edwin einen anderen Mann betrüge oder nicht. Edwin habe gemeint, sie habe zwei, vielleicht drei Male erwähnt, dass sie den Status einer Lebensgefährtin einnehme, aber sie habe nie über den Mann gesprochen, auch nicht dessen Namen erwähnt. Auf Gedichte reagiere sie allergisch, dies sei wie Balsam auf Edwins Seele. Sie weigere sich, ihm vorzulesen, und sie weigere sich, zuzuhören, wenn Edwin ihr vorlesen wolle. Sie verweigere alles, was mit Dichtung zu tun habe.

„Deine Aufgabe", sagte Pierce, „ist, herauszufinden, wer die Dame ist."

„Und dann", fragte ich, „soll ich Edwin freikaufen, oder wie stellst du dir das vor?"

Freikaufen sei keine schlechte Idee, meinte Pierce grinsend. Nein, dann müsse ich herausfinden, wer der Gehörnte sei und diesen von der Affäre seiner Partnerin unterrichten. Dies würde Edwins Liebschaft ein Ende bereiten, und der Weg sei endlich wieder frei für Liebesgedichte aller Längen und Variationen.

Pierce lehnte sich zurück, sichtlich entspannt, sein Part war hiermit erledigt. Meiner hingegen hatte noch nicht begonnen, und eine Wahl hatte ich anscheinend auch nicht. „Wie soll ich das denn machen", nörgelte ich, „ich bin doch kein Detektiv."

Pierce zuckte mit den Schultern, fischte eine Zigarette aus dem Silberetui seines Großvaters und zündete sie sich mit dem vergoldeten Feuerzeug seiner Großtante an, einer Freundin Zelda Fitzgeralds, wie gemunkelt wurde. Er war mit seinen Gedanken bereits ganz woanders, ihm war es gleich, was ich anfing, ob ich vor die Hunde ging oder nicht; und wie um ihm die Gelegenheit zu geben, diesen Gleichmut unter Beweis zu stellen, tauchten drei Kolleginnen auf, die zufällig, wie sie betonten, rein zufällig in dieses Lokal gekommen wären und uns hier vorfänden.

Ich überließ Pierce den Moiren; ich hatte beschlossen, Edwin zu beschatten. Dies erschien mir als der direkteste Weg zur Aufdeckung des Geheimnisses.

Die Beschattung gestaltete sich schwieriger, als gedacht: Edwin verbrachte offenbar die meiste Zeit bei seiner Angebeteten. Nach Hause schien er überhaupt nicht mehr zu gehen. Ich hatte mich in einer Ecke nahe seines Wohnhauses verschanzt, mir weder Proviant noch eine warme Decke mitgenommen im Glauben, er werde bald auftauchen, aber dem war nicht so. Ich musste auch feststellen, dass es entsetzlich langweilig ist, in der feuchten Herbstkälte länger als fünfzehn Minuten auf einen Menschen zu warten, der einen nicht erwartet, tatsächlich sehe ich mich gezwungen, diese Tätigkeit als eine Folter zu beschreiben, nicht minder tödlich, nervtötender als ein Poe'sches Pendel, dessen Schneide langsam, aber unerbittlich, am Schädel beginnend, den ganzen Körper zerteilt. Ich zog mich daher nach einer halben Stunde in mein Zuhause zurück, das ich leer vorfand. Kurz fragte ich mich, ob ich mir das vereinbarte Abendessen mit meiner Lebensgefährtin eingebildet hatte, dann erinnerte ich mich, dass ich schon länger nicht mehr mit ihr gesprochen hatte; an diesem Abend hatte ich dazu keine Lust, noch mehr tödliche Langeweile kann mein Geist nicht mehr ertragen, sagte ich mir, und schaltete mein Telefon auf stumm.

Ich weiß nicht mehr, wann mir dämmerte, dass Jeanie in der Montrose Street wohnte, ich weiß nur noch, dass mir, als ich die besagte Straße abging in der Hoffnung, auf den Verschollenen zu stoßen, ihr rotes Backsteinhaus mit den gelben Vorhängen einfiel, die gelben Vorhänge, über die sich Jeanie so gefreut hatte, als ich sie aus meiner Wohnung mitgebracht hatte; es war dies ein zaghafter Versuch gewesen, *unsere Haushalte zusammenzufügen*, das Leben miteinander zu verbringen wie normale Paare, hatte Jeanie gesagt und gelacht. Diesem ersten Versuch hatten sich etliche andere angeschlossen, und jedes Mal hatte ich ein weiteres Accessoire aus meinem Leben mitgebracht, einmal waren es zwei Zierkissen gewesen, die ich auf ihrer Couch absetzte, ein anderes Mal eine kleine grüne Leselampe, die ich neben dem Ohrensessel aufstellte, und wieder ein anderes Mal mein Veilchen, das seit meiner Studienzeit bei mir gelebt hatte und das ich, als Jeanie meinte, sie habe es satt, Alibibesitz einzusammeln, ihr überlassen hatte, schweren Herzens. Natürlich hatte ich abgestritten, dass es sich bei diesen Gegenständen um oberflächliche Zeichen handelte, Beschwichtigungen, doch natürlich waren sie nichts anderes als das gewesen, Pflaster, die ich schnell auf ihre empfindliche Seele geklebt hatte, als mir nichts anderes übrig geblieben war.

Es wäre eine Lüge zu behaupten, ich liebte Jeanie nicht; genauso wäre es eine Lüge zu behaupten, ich liebte sie sehr. Ich kann mich nicht mehr an den Tag erinnern, an dem sie mir begegnete, es war keineswegs eine Begegnung gewesen, die mein Leben verändert hatte, im Gegenteil, seit unserer Begegnung hatte ich alles getan, um mein Leben nicht ändern zu müssen, und mit den Jahren schien sie sich damit abzufinden, manchmal versuchte sie, sich mehr Nähe zu erstreiten, doch diese Vorstöße schmetterte ich ab; es war die Kunst, die Poesie, die mir hilfreich zur Seite sprang. „Liebes“, pflegte ich zu sagen, „ich bin mitten in einem Buch. Es fehlen mir bloß noch fünf Gedichte, vielleicht sechs, maximal acht, und wir können in aller Ruhe Pläne schmieden." Dann antwortete sie: „Darling, natürlich ist der Gedichtband wichtiger. Ich kann warten." An ihr trauriges Lächeln muss ich mich gewöhnt haben.

Als ich in der Montrose Street stand, unter ihrem hell erleuchteten Fenster mit den gelben Vorhängen, erkannte ich, dass ich Jeanie nur traurig kannte, nicht glücklich.

Ich setzte mich auf die Bank an der Bushaltestelle; die Poster, die Musikveranstalter regelmäßig auf das Plastik klebten, boten guten Schutz vor Edwins und Jeanies Augen.

Diesmal störte es mich nicht, zu warten, ich zählte nicht mehr die Sekunden, ich war fast enttäuscht, als sie schon nach fünfzehn Minuten auftauchten, Hand in Hand, Jeanie und Edwin, Jeanie, die ihre weißgraue Federboa um den Hals geschlungen hatte und Edwin, der sich seine Pfeife in den Mundwinkel steckte.

Sobald sie aus meinem Blickfeld verschwunden waren, schloss ich Jeanies Haustor auf und huschte in den ersten Stock. Ihre Wohnung riecht anders, dachte ich, süßer, herber, frischer, während ich das Wohnzimmer durchquerte auf der Suche nach meinem Veilchen.

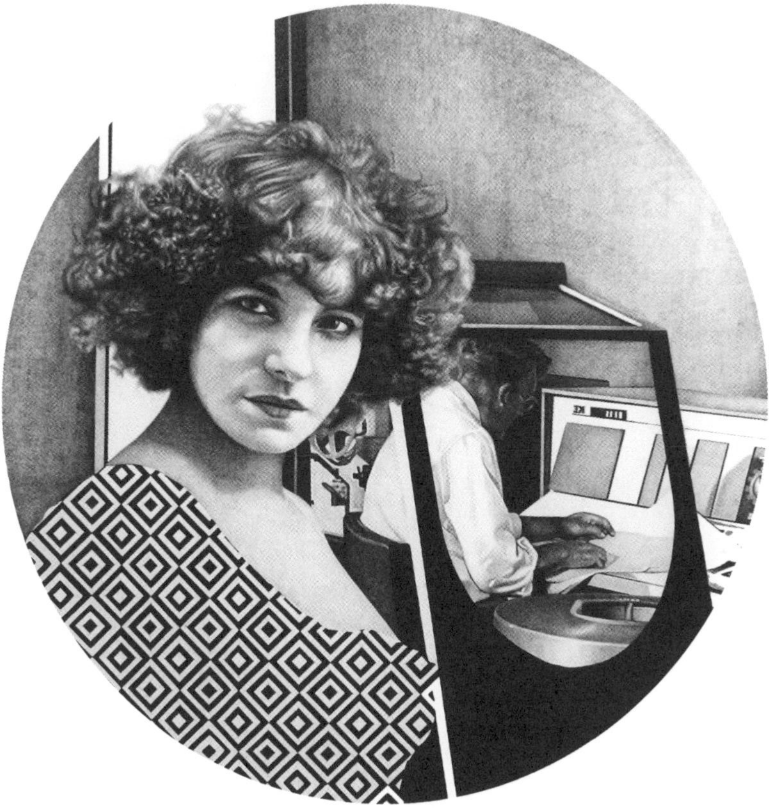

Ball der Gewichtheber

Ich überlegte nicht lange, ich musste zuschlagen; dass ich schon seit einem halben Jahr bei meinen Eltern in einem winzigen Raum hauste, den ich die Abstellkammer, sie das Gästezimmer nannten, spielte bei diesen Überlegungen, zumindest redete ich mir das ein, keine Rolle ...

Ich hatte mich von meiner Frau getrennt, Carla, und diese Scheidung hatte ein Übergangsasyl notwendig gemacht. Carla hatte mir angeboten, die gemeinsame Wohnung zu teilen, aber ich hatte abgelehnt. Trennungen nehme ich persönlich, selbst wenn beteuert wird, das habe ausschließlich mit den Lebensumständen zu tun, nichts mit der Liebe, die einen einmal verband. Dass diese Liebe nie verschwindet, ist Teil dieser Beteuerung, die von niemandem geglaubt wird, dennoch nötig ist, um die Illusion aufrecht zu erhalten, es gebe ein Leben nach der Liebe.

In unserer Beziehung war Carla die Brötchenverdienerin gewesen, ich bloß der Hausmann. Während sie sich ihrer Karriere im akademischen Dschungel widmete, beschäftigte ich mich mit Hefezöpfen, Parkettbodenseife und Balkonkistengemüse, erforschte die Untiefen der nachmittäglichen Seifenoper und die tröstliche Langeweile des Treppenhaussmalltalks; eine Schwangerschaft hätte unsere Rollen für mindestens ein Jahr umgekehrt, also entschied sich Carla dagegen. Ich wurde gefragt, kam aber nie dazu zu antworten.

Ich übertreibe, das liegt in meiner Natur. Die Zeit, die ich mit Backen, Kochen und Putzen verbrachte, war für die Niederschrift eines Buches gedacht – ein Buch, das ich zwar immer wieder in Angriff nahm, das sich aber mit einer solchen Vehemenz verteidigte, dass ich jedes Mal die Flucht ergriff; Unausgesprochenes, entdeckte ich damals, ist furchterregend. So wurde mit den Jahren die Erklärung meiner Frau, was ihr Gemahl so triebe, zu einer Verteidigung und schließlich zu einer Ausrede; hätten wir ein Kind gehabt, wir wären womöglich noch verheiratet.

Meine Eltern gaben mir die Schuld, mir und meiner Faulheit. Ich sei ein träger, abgrundtief fauler Mann, ich sei schon immer ein träger, abgrundtief fauler Mann gewesen, bereits als Kind sei ich ein träger, abgrundtief fauler Mann gewesen, erklärte Mutter, die, wie ich heute mit Sicherheit sagen kann, einer Scheidung nie abgeneigt gewesen wäre, wäre sie nicht selbst so träge, abgrundtief faul gewesen. Ich kann es ihr nicht verdenken; einen Menschen herumzukommandieren ist wesentlich weniger anstrengend, als herumkommandiert zu werden, vor allem, wenn man dem Kommandierten die Schuld für alles geben kann. Ich musste herhalten für das angebrannte Essen, den dreckigen Holzboden, das zerbrochene Porzellan, aber auch für die verschwundene Intimität, die harten Umgangsformen und die unterkühlte Stimmung am Sonntagnachmittag.

Vater arrangierte sich, lernte, mit einem Menschen zusammenzuleben, den er nie zu lieben gelernt hatte, und Mutter verstand dieses Arrangement, sie weigerte sich ihrerseits, das Fehlen jeglicher Zuneigung zu akzeptieren, bis sie kurz vor ihrem letzten Lebensjahr, von der Demenz eingeholt, endlich von der Wahrheit erlöst wurde.

Mit dem Einrichten der neuen Wohnung ließ ich mir Zeit, vielleicht wollte ich mir auch nicht eingestehen, dass die Trennung vollzogen und überdies die richtige Entscheidung gewesen war. Natürlich war es Carla gewesen, die mich von ihrem Seitensprung in Kenntnis setzte und von ihrer Absicht, es wieder zu tun, egal, ob ich dem Ende dieser Ehe zustimmte oder nicht. Von einem Freund erfuhr ich, dass sie tatsächlich mehrere Affären ausprobiert und sich schließlich für jene mit dem Klavierlehrer entschieden hatte; ich hatte gar nicht gewusst, dass sie Klavierstunden nahm. Wie hätte ich auch: Zu diesem Zeitpunkt führten wir bereits getrennte Leben, sie in unserem Wohnzimmer, Schlafzimmer, Nebenwohnzimmer, Gästezimmer und in der Küche, ich im Kinderzimmer, das nie mein Schreibzimmer geworden war, aber auch kein Kinderzimmer, obwohl es diese Bezeichnung trug. Ich schlief auf der schrecklich dünnen Matratze, auf der Gästenotmatratze, auf jener

Schlafunterlage, die für unerwünschte Gäste gedacht war. Ich nahm sie mit, als ich wenige Monate nach Carlas Geständnis, das mehr wie eine amtliche Mitteilung klang, aus der gemeinsamen Wohnung auszog. Kurioserweise konnte ich mich nicht von ihr trennen, alles andere ließ ich zurück, den Schreibtisch und alle meine Bücher. In der neuen Wohnung stellte ich fest, dass sie auf dem Parkettboden um einiges weicher war als auf dem Lattenrost.

Die ersten Monate nach dem Umzug hatte ich keine Vorhänge. Durch die großen Fenster schien das Licht der Straßenlaterne, und ich musste, um durchschlafen zu können, meine Augen mit einem seidenen Halstuch bedecken, das Carla zwischen meinen Socken vergessen hatte. Einen Tisch hätte ich auch gerne gehabt, da ich mich aber nicht dazu aufraffen konnte, zu einem Möbelkaufhaus zu fahren – die schlaffe Musik narkotisiert mich –, funktionierte ich kurzerhand ein paar Umzugskisten zu meinem Mobiliar um. Drei Kisten wurden mein Esstisch, zwei kleinere der Couchtisch; da ich keine Stühle hatte, traf es sich gut, dass beide kurzbeinig waren. Ich stapelte ein paar Kartons aufei-nander, schon hatte ich ein Regal, das ich mit Unterwäsche, T-Shirts, Hosen und Handtüchernh füllte. Die Bücher, die mir Carla überlassen hatte, stapelte ich auf dem Boden, ebenso die Fotoalben, die sie nicht haben wollte.

Ich hatte jeweils zwei Gabeln, Messer und Löffel mitgenommen; mehr hatte ich mich nicht getraut einzupacken. Sie fanden ebenso wie die zwei Teller, Tassen und Schüsseln ein neues Heim im Küchenkasten. Der Toaster, der mir überlassen wurde, weil er Carla stets missfallen hatte, bekam einen Ehrenplatz neben der Herdplatte. Ich hatte weder ein Telefon noch einen Computer, das heißt, ich hatte ein Telefon und einen Computer, wollte aber weder das eine noch das andere Gerät nutzen, da ich mir vorgenommen hatte, mit so wenig Strom wie möglich auszukommen. Das fiel mir nicht schwer; wegen meiner nunmehr vorhanglosen Existenz fühlte ich mich abends beobachtet und zog es vor, im Schutz der Dunkelheit zu bleiben. Ich lernte, auf meine Augen, auf das Sehen zu verzichten, und auch auf Musik – oft horchte ich, auf meiner Matratze liegend, auf die Geräusche in meiner Wohnung, im Wohnhaus, lauschte den Stimmen, die von der Straße durch die Mauern ins Innere drangen, und ich stellte mir die Menschen dazu vor, ihre Körper, ihre Gesichter, ihre Biografien.

Mit den ersten Strahlen des Lichts, die auf meine Lider brannten, erwachte ich. Dann schlüpfte ich in meine Kleider und begann meine Wanderung durch das Viertel, durch die schmalen, gewundenen, verlassenen Gassen. Diese Leere erfreute mich, sie spiegelte die Leere wider, die ich schon seit Jahren fühlte; endlich hatte ich die Landschaft gefunden, die meiner Seele entsprach.

Da das Haus renoviert wurde, war es halb bewohnt: Nur im Erdgeschoß und im ersten Stock trugen die Schilder neben den Türen Namen. Manchmal, selten, aber mit einer gewissen Regelmäßigkeit hörte ich, immer wenn der Baulärm verstummte, ein Tapsen – ich sage absichtlich Tapsen, denn es klang zögerlich, schüchtern, unsicher, es war das Geräusch eines Lebewesens, das sich an einem Ort nicht zugehörig fühlt. Das Selbstbewusstsein des Eindringlings fehlte ihm gänzlich, vielmehr versuchte es nicht aufzufallen, sich an- und einzuschleichen. Dieses Kunststück gelang ihm, nie bekam ich es zu sehen, immer war ich zu spät am Spion, blickte vergeblich auf den dämmrigen Gang. Nein, nicht vergeblich; das Licht, das durch die Milchscheiben fiel, entschädigte mich für meine ungestillte Neugier. Ich konnte mich an ihm nicht satt sehen, an seiner Weichheit, den fließenden Bewegungen, die eine Melodie in meinen Ohren anstimmten, ein Lied.

Ich genoss es, weder sprechen zu müssen noch angesprochen zu werden. Das Zwiegespräch mit Licht, Schatten, dem Zwitschern der Vögel, dem auf- und abschwellenden Rauschen des Straßenlärms und den tapsenden Füßen waren mir genug. Einmal vernahm ich aus dem unteren Stock ganz leise, wie von weit, weit her, menschlichen Gesang, die Stimme einer Frau, und ich ertappte mich dabei, dass ich verwundert die Ohren spitzte – bis zu diesem Zeitpunkt war mir nicht bewusst gewesen, nicht allein auf der Welt zu sein. Ich stürzte aus meiner Wohnung; ich war sicher, dass diese hohe, dünne, trotz allem freundliche Stimme zu den zögerlichen Schritten gehörte, die Teil meines Alltags geworden waren: Gemeinschaft. Hätte es sie nicht gegeben, ich hätte mich verlassen gefühlt.

Der Gesang verstummte. Zu früh, viel zu früh. Ich hatte die Sängerin nicht aufspüren können. Sie hatte mich ins Erdgeschoß gelockt, doch in den schmalen Gängen war ich, aus Angst, die Orientierung zu verlieren, stehen geblieben. Ich war enttäuscht; enttäuscht von mir, meiner Feigheit und Schwäche und enttäuscht von einer Situation, die zu meistern ich nie imstande gewesen wäre. Selbst in meiner Heimatstadt, in der ich seit mehr als vierzig Jahren lebe, verirre ich mich mit einer Regelmäßigkeit, die für einen Einheimischen abnormal ist.

Die nächsten Tage wartete ich vor der Wohnungstür auf meine geliebten Schritte, ich kampierte in der Diele, weil ich sie endlich sehen musste, die Person, zu der die Beine gehörten, die an den Füßen endeten, deren Schuhe diese Laute erzeugten. In meiner Fantasie war die Person eine Frau, sie war die Besitzerin der hohen, freundlichen Stimme, und sie war Musikerin, nicht unbedingt Sängerin, dazu war die Stimme zu dünn gewesen, sondern Komponistin. Ich stellte sie mir klein vor, ob rundlich oder mager war mir egal, mit großen, runden Augen, blau oder braun war mir auch gleich, und weichen, leicht gelockten, langen Haaren. Trotz ihrer kleinen Statur trug sie stets Schuhe mit flachen Absätzen, weil sie ein gänzlich uneitler Mensch ist, sagte ich mir, um im nächsten Moment an dieser Theorie zu zweifeln, zu verzweifeln, und sie umzuformulieren, aus der kleinen, dünnen Frau eine große, schwere zu machen, die flache Absätze hohen vorzog, weil sie sonst Rückenschmerzen bekam oder in den Höhen schwindlig wurde. Nein, korrigierte ich mich, das kann nicht sein, denn dann würde sie durch das Wohnhaus trampeln, sie wäre ja ein Elefant oder eine Giraffe, doch sie tapst eher wie eine Maus oder ein Hamster.

Meine Bemühungen waren nicht von Erfolg gekrönt; jedes Mal, wenn ich das Tapsen vernahm und zum Spion stürzte, war nichts zu sehen, auch nicht das weiche, milchige Licht, es hatte sich verzogen, zurück blieb ein nüchterner Raum mit hohen, weiß gestrichenen Wänden, auf die jemand mit schwarzer Farbe ein Graffito gesprayt hatte: *Fuck*.

Gerade, als ich aufgegeben und die Matratze zurück ins Schlafzimmer gezogen hatte, fand ich zu meiner großen Überraschung einen Brief in meinem Briefkasten. Anfangs hatte ich noch jeden Tag in der Blechkiste nachgesehen, doch mit der Zeit hatte ich mich damit abgefunden, dass es Post ausschließlich für andere gab, nicht für mich, oder dass mein Briefkasten aus einem mir unbekannten Grund fehlerhaft war. Wie typisch, dachte ich, ich habe den einzigen Briefkasten, der nicht weiß, wie man Briefe verwahrt, und ich begann, die Tage, an denen ich mit der Unfähigkeit meines Briefkastens konfrontiert würde, zu re-duzieren; aus ein Mal alle zwei Wochen wurde ein Mal im Monat, schließlich ein Mal alle zwei Monate. Dann dachte ich an Mutter und Carla und schämte mich meiner Faulheit, einem unzuverlässigen Briefkasten keine besseren Manieren beibringen zu wollen.

Er funktioniert also doch, fuhr es mir durch den Kopf, während ich den weißen Umschlag aus der Box nahm. Der Brief war jedoch nicht an mich, sondern an eine gewisse Hilde Wimmerzahl adressiert, Türnummer vier im Erdgeschoß, und bloß aus Versehen bei mir gelandet. Ich bin ein diskreter Mensch, normalerweise nicht besonders neugierig, aber vielleicht war es der Umstand, dass ich schon seit Wochen keine Kommunikation von der Außenwelt bekommen hatte, vielleicht war es meine unbändige Freude darüber, zu den tapsenden Schritten einen Namen erhalten zu haben – ohne weiter nachzudenken, riss ich den Umschlag auf.

Eine Einladung fiel in meine Hände; *Ball der Gewichtheber* stand in Kapitälchen am Kopf des Blattes, darunter das Wann und Wo: Samstag, 4. Februar, 18 Uhr, Schutzhaus der Zukunft. Neben den Daten der Veranstaltung war ein Auszug aus einer Fotografie abgedruckt, der Unterarm eines Gewicht hebenden Menschen, ob Mann oder Frau konnte ich nicht sagen, anfangs dachte ich, es müsse sich wohl um einen Mann handeln, doch je länger ich auf das Bild starrte, desto unsicherer wurde ich. Verfügten Frauen, die Gewichte hoben, nicht auch über muskulöse, massige Arme? Zudem trug die abgebildete Person einen Ring, ich hatte ihn zunächst übersehen, doch dann fiel er mir auf, und ich sah nichts anderes als den Ring: einen goldenen Fingerreif, wie man ihn aus einer mittelalterlichen Sage kennt. Er zierte den Zeigefinger, nicht den Ringfinger, und ich fragte mich, ob es bei einem Sport wie diesem nicht riskant war, ein Schmuckstück an den Händen zu tragen.

Möglicherweise war es dieser Ring, der mich auf die Idee brachte, meine tapsende Frau, Hilde, wie ich sie nun nannte, sei die Elfe unter den Gewichtheberinnen, die zarte Ausnahme, das Federgewicht. Er nahm mir auch allen Mut, denn ich glaubte, dass sie ihn von einem Verehrer erhalten haben musste. Erst als mir der Gedanke kam, es könne sich um ein Erbstück handeln, um den Ring der Großmutter oder Urgroßmutter, wurde mir etwas wohler ums Herz. Ich beschloss, Hilde nicht länger warten zu lassen und sie am Ball der Gewichtheber zu überraschen. Allerdings besaß ich weder einen Anzug noch eine Krawatte, beides musste ich kaufen, und ich gestehe, ich konnte sie mir nicht leisten, doch ich sah dies als eine Investition in meine, unsere Zukunft.

Am Eingang des Schutzhauses der Zukunft tummelten sich gewichtige Herren im Frack, ihre Hände waren in weiße Handschuhe gekleidet und auf ihren Köpfen trugen sie schwarze Hüte, einer von ihnen hatte einen Zylinder in der Hand. Ich war verwirrt; das Begrüßungskomitee bestand aus Männern, die eher dem kleinasiatischen Kulturkreis zu entstammen schienen als dem mitteleuropäischen, später erfuhr ich, dass die Garde zu Ehren des Ehrengastes zusammengestellt worden war, einem Olympioniken. Sie salutierten mir und allen mir nachfolgenden Gästen, Normalsterblichen, als müssten sie ihre Begrüßung proben. Ich salutierte zurück und machte, dass ich ins Innere kam; ich konnte es kaum erwarten, meiner Hilde Wimmerzahl zu begegnen. Dass ich sie erkennen würde, daran zweifelte ich nicht, ich kannte ihre Art zu gehen in – und auswendig: das sanfte Schleifen ihrer Sohlen, das leichte Tapsen, das das Schleifen unterbrach, ihr Trippeln, das dumpfe Pochen der Ferse, das leise Zischen, wenn das Fußbett den Boden streift.

Als jedoch die Big Band einsetzte, erkannte ich, dass ich mir – von allen möglichen Orten – den einen Ort ausgesucht hatte, der für diese Form der Identifikation denkbar ungeeignet war. Ich fand mich in einem Meer aus Fußgeräuschen wieder, die ich nicht voneinander trennen konnte. Nachdem ich mich beruhigt, meine Panik durch zwei Sekt Orange bezwungen hatte, legte ich mir einen Plan zurecht, der diese Situation, in die ich mich manövriert hatte, retten könnte: Ich suchte mir ein Plätzchen, an dem die Tänzer vorbeikommen mussten, und setzte mich auf einen Stuhl an dieser Ecke. Ich wollte meinen Kopf neigen, um mit dem rechten oder linken Ohr so nahe wie möglich am Linoleumboden zu sein und auf diese Weise das Tapsen meiner Liebsten aus dem Gestampfe herausfiltern zu können.

Wer hätte gedacht, dass mein irrsinniger Plan funktionieren würde? Ich am allerwenigsten ... Nie hätte ich mir träumen lassen, dass meine Ohren, die nach den Stampfgeräuschen fast taub geworden waren und schmerzten, nicht aufgeben würden. Doch mir kam ein Zufall zu

Hilfe – inmitten eines ausgelassenen Boogie Woogies fiel plötzlich das Licht im Saal aus, zugleich verstummten alle Instrumente bis auf das metallene Schrammen der Gitarren und das jämmerliche Quieken der unverstärkten Stimmen. Wie auf Befehl blieben die Tanzenden stehen, im ganzen Saal war es mucksmäuschenstill. In dieser Stille hörte ich sie – das mir wohl vertraute Tapsen, das zaghafte Schleifen, auf das ich die ganze Zeit gewartet hatte. Ohne zu zögern setzte ich ihm nach, dem Geräusch, und versuchte eine Person zu erkennen. Ich musste mich beeilen; ich wusste, ich hatte bloß ein paar Minuten, ehe der Strom wieder angestellt, die Musik wieder anlaufen und die Lichter im Ballsaal wieder leuchten würden. Während ich hinter Hilde herlief, glaubte ich einen Blick auf ihren Hinterkopf zu erheischen, auf blonde Locken und auf ihren schmalen, in weißen Tüll gehüllten Rücken, und zufrieden dachte ich, wie wahr, sie ist eine Elfe.

Im Krankenhaus kam ich zu mir. Die Polizei befragte mich kurz, ich sie länger; sie ging von einem persönlichen Racheakt aus, nicht von einem politisch motivierten Anschlag. Die Beschuldigte, eine blonde Frau mittleren Alters, sei mit dem Ehrengast liiert gewesen und habe nicht ertragen, dass sich dieser nach dem Gewinn der Goldmedaille aus ihrem Leben zurückgezogen hatte. Sie habe eine Bombe gebaut und sie, nachdem sie das Stromnetz lahmgelegt hatte, zu seinen Füßen deponiert. Die Explosion habe sie getötet, da ich mich ihr in den Weg gestellt habe. Ich sei ein mutiger Mann, wenn auch verspätet mutig und in einem Ausmaß risikobereit, das möglicherweise das gesunde überschreite. Die Polizisten empfahlen mir, einen Psychiater aufzusuchen, ehe sie mich den Ärzten überließen. Den Tapferkeitsorden, den mir das Land des Olympioniken verlieh, nahmen meine Eltern in Empfang und schickten ihn an Carla, sie solle es sich überlegen und noch einmal mit mir probieren.

Sie überlegte es sich nicht.

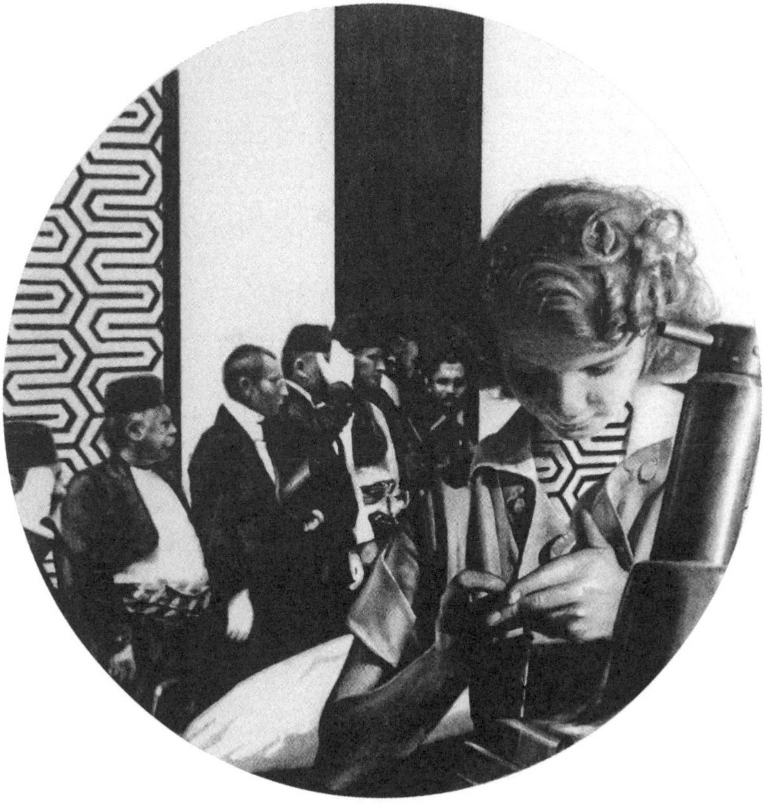

Die Zeitbraut

Es war ein Märchen, ein *Es-war-einmal*, das ich jedes Mal zu hören bekam, wenn ich nach der Braut in der Uhr fragte, eine Schwarzweißfotografie, die die Wand im Uhrengeschäft zierte, ein kleines Bild, nicht größer als mein Rucksack. Es hing in der dunkelsten Ecke des Ladens, ab dem frühen Nachmittag konnte man es nicht mehr sehen, dann musste man bis zum nächsten Morgen warten, bis die ersten Sonnenstrahlen die Dunkelheit aus den Ladenecken vertrieben.

Sein Besitzer, Patrick O'Reilly, stammte aus Irland; anders als die Iren, die ich in Pubs und Bars getroffen hatte, war er wortkarg und sprach nur, wenn er ausdrücklich und mehrmals dazu aufgefordert wurde. Sein Heimatort lag im Nordosten der Republik, an der Grenze zum Norden, in einem kleinen Dorf, das sich Carlingford nannte. In der Nachbarschaft wurde wenig über ihn gesprochen, und wenn, waren sich alle einig, dass es sich bloß um Gerüchte handelte, Fragmente von Gerüchten, die sich eines Tages von einem Gespräch gelockert hatten und nun ein eigenständiges Leben führten, ein Nomadenleben, das der Urheber der Gerüchte schon längst aufgegeben hatte, obwohl er, und hier waren sich die meisten einig, nur darauf wartete, wieder aufzubrechen, seine halbleere Wohnung aufzugeben. Wann er nach Ostengland gezogen war, konnte mir niemand sagen; absurd, wie der Haufen Eingewanderter über einen

Alteingesessenen sprach, als wäre dieser eben erst zu ihnen gestoßen. Vielleicht hielt sich Pat deshalb von uns fern? Ich bildete mir ein, dass er uns mied, auch meine Begrüßungen und Verabschiedungen erwiderte er nicht, selbst wenn ich ihn direkt ansprach, ihn bei seinem Namen nannte. „Mr. O'Reilly", rief ich dann, „Pat! Dir auch einen guten Morgen!", doch Pat schlurfte scheinbar gedankenverloren an mir vorbei, ignorierte meinen Gruß, der im Morgenlärm schnell verpuffte.

Es war die Braut in der Uhr, die uns zusammenbrachte, Pat und mich, und sie brachte uns zusammen, weil ich, als ich für ein Vorspielen übte, zufällig auf einen Fotografen stieß, der, erklärte ich Pat triumphierend, wohl diese Aufnahme gemacht haben musste. *Uncle Pat* schüttelte den Kopf, ich hätte mich geirrt. Er habe dieses Foto gemacht, sagte er endlich nach einer langen Pause, er und niemand anders.

„Und wer", ergriff ich die, wie mir schien, einmalige Gelegenheit, „ist die Dame auf dem Bild?"

„Die Zeitbraut", antwortete Pat.

„Zeitbraut?", wiederholte ich. Was sei denn eine Zeitbraut?

Er lachte leise, scharrte mit den Schuhen auf dem alten Teppich und warf einen Blick aus dem Schaufenster, das nicht viel Licht ins Innere ließ, so getrübt war das Glas, ob aus Alter oder vor Staub war schwer zu sagen. Evelyn, sagte er schließlich, ihr Name sei Evelyn; noch immer wich er meinem forschenden Blick aus.

„Wollen Sie eine Tasse Tee?“ Pat wartete meine Antwort nicht ab, sondern schlurfte in die kleine Küche, die im Hinterzimmer lag. „Ja bitte“, rief ich ihm hinterher und streckte mich vergeblich über die Verkaufstheke: Von hier aus einen Blick in seine Wohnung zu erheischen, war unmöglich. „Nehmen Sie sich einen Hocker und setzen Sie sich!“ Seine Stimme drang durch die Wand. Ich griff mir den gepolsterten Schemel und stellte ihn auf die andere Seite der Theke. Noch während ich überlegte, ob ich ihn dazu verwenden konnte, die Braut in der Uhr aus der Nähe zu betrachten, hörte ich seine nahenden Schritte. Pat balancierte eine Teekanne, zwei Tassen und einen Teller Kekse auf einem hölzernen Tablett. Er schenkte mir ein und deutete auf das Shortbread; Milch oder Zucker hatte er nicht mitgebracht.

„Also“, sagte er am Schwarztee nippend, „Sie wollten wissen, was eine Zeitbraut ist.“

Ich nickte und verbrannte mich in meinem Eifer an meinem ersten Schluck. Pat grinste. „Der Beruf Zeitbraut war Evelyns Erfindung. Ich bezweifle, dass es nach ihr noch jemanden gegeben hat, der diese Tätigkeit ausgeübt hat.“ Er griff nach einer Shortbread-Stange und knabberte an ihr.

„Wenn ich mich richtig erinnere, begann alles damit, dass sie vorm Altar sitzen gelassen wurde. Nun ja", er räusperte sich, „ganz so dramatisch war es nicht. Kurz vor dem Hochzeitstag sagte ihr Verlobter die Hochzeit ab. Er hatte kalte Füße bekommen. War sich nicht mehr sicher, ob sie die Frau war, mit der er den Rest seines Lebens verbringen wollte. Rest meines Lebens, sagte er, das klinge tatsächlich wie der Rest, der letzte, mickrige Rest. Und er weigerte sich, in den Hafen der Ehe einzufahren."

Pat lachte leise, es war ein melancholisches Lachen.

„Er weigerte sich, den Kahn überhaupt zu besteigen. Die Hochzeitsvorbereitungen waren abgeschlossen, der Saal angezahlt, das Essen angezahlt, die Band angeheuert und angezahlt, die Einladungen verschickt – Evelyns Familie hatte sich verschuldet, um dem Paar eine opulente Feier zu ermöglichen –, und dann das. Evelyn war todtraurig und beschämt. Sie machte sich aus dem Staub. Als sie am nächsten Morgen im Hotelzimmer aufwachte, stellte sie fest, dass sie bloß ihr Hochzeitskleid mitgenommen hatte und den Brautschleier."

Der Uhrmacher lächelte. Er wisse das so genau, sagte er, weil sie mit diesen Worten in seinem Geschäft aufgetaucht sei: „Ich habe nichts anderes anzuziehen als ein Brautkleid. Ich brauche diesen Job." Evelyn habe bei ihm angefangen; er habe in der Nachbarschaft herumgefragt, ob jemand alte Kleider entbehren könne, so habe er ein paar abgetragene Hosen und Blusen aufgetrieben. Geschlafen habe sie auf seiner Couch, das Hotelzimmer habe sie sich nicht einmal für eine Woche leisten können, denn sie habe sich geweigert, ihre Eltern und Freunde zu verständigen. Sie habe jeden Kontakt zu ihrem alten Leben abgebrochen und gesagt, sie genieße es, verschollen zu sein, noch nie habe sie sich in einer Rolle dermaßen wohl gefühlt, adäquat. Und Evelyn habe sich schnell und gut eingelebt; anfangs habe ihre Anwesenheit im Geschäft allein dazu beigetragen, dass ständig neue Kunden eingetreten seien, denn jeder habe wissen wollen, wie eine sitzen gelassene Braut aussieht. Nach ein paar Wochen jedoch habe sich dieser Effekt abgenutzt, die Kundschaft sei ausgeblieben. Evelyn, um Geschäftsideen nicht verlegen, habe daraufhin kurzerhand ihr Brautkleid aus dem staubigen Wandschrank herausgeholt und angezogen. Ein Mal in der Woche habe sie sich in der vollen Brautmontur mit Schleier und Handschuhen hinter die Verkaufstheke gestellt und die Kunden bedient. Ein voller Erfolg! Pat lächelte. Sie sei ein voller Erfolg gewesen, und eine traumhaft schöne Braut. Eine Zeitbraut, fragte ich nach? Nein, keine Zeitbraut, er schüttelte den Kopf. Noch nicht.

„Eines Tages schummelte sich ein kleiner Herr in mein Geschäft. Er schummelte sich, anders kann man es nicht ausdrücken, er öffnete die Tür einen Spalt breit und schlüpfte ins Innere, während er die Luft anhielt. Vielleicht meinte er, er wäre weniger sichtbar, wenn er langsamer atmete? An dem Tag waren Evelyn und ich im Geschäft, Evelyn allerdings in Zivil, nicht in ihrer Brautuniform. Wo die Braut sei, fragte der Herr. Die Braut?, fragte ich zurück. Ja doch, sagte der Herr, die Braut, mit der man sich nicht traut.

Hier, sie sei hier, antwortete Evelyn leicht verärgert.

Obwohl sie selbst die Idee gehabt hatte, sich als Verkaufsbraut zu inszenieren, mochte sie die Auswirkungen nicht; sie hatte nicht gedacht, dass es sich in diesem Ausmaß herumsprechen würde. Ah ja, ah ja, nickte der Herr eifrig und beäugte Evelyn. Sie sei nett anzusehen, sie habe den Job.

Evelyn verdrehte ihre Augen. Welchen Job? Ah ja, ah ja, murmelte der Herr. Das habe er noch nicht erwähnt.

Allerdings, antwotete Evelyn.

Er brauche sie, sagte der Herr, während er sich aufrichtete und mich fixierte, als wäre ich derjenige, der überzeugt werden müsste, ihn vor dem Altar sitzen zu lassen. Ich warf Evelyn einen Blick zu. Sie seufzte und wollte den Laden verlassen, doch ich hielt sie zurück. Warum er das wolle, fragte ich.

Der Herr räusperte sich verlegen, strich sich durch das schüttere Haar. Er sei nicht mehr der Jüngste, begann er zögernd, daher bei den Damen nicht beliebt. Schon vorher, erklärte er, nun mit mehr Überzeugung in der Stimme, mein Interesse schien ihm gut zu tun, sei er beim weiblichen Geschlecht nicht beliebt gewesen, die meisten hätten ihn für zu schüchtern gehalten, zu zurückhaltend, nicht charmant genug, nicht galant genug, er sei all das gewesen, aber nie in genügendem Ausmaß. Nun habe er den Plan ersonnen, sagte er mit einem listigen Lächeln, das Evelyns Neugier anfachte, die Spreu vom Weizen zu trennen: die Mitleidigen von den Unbarmherzigen. Sobald er vor dem Altar sitzen gelassen worden wäre, würden sich die warmherzigen Frauen um ihn kümmern, sie würden ihn umhegen und umpflegen, auf diese Weise würde er ihre Liebe erringen. Sitzen gelassen zu werden sei nicht ehrenvoll, aber hilfreich.

Nach dieser Rede ließ sich der Herr auf den Hocker fallen.

Evelyn reagierte zunächst nicht, schließlich reichte sie ihm aber ihre Hand, half ihm auf die Beine und sagte, sie nehme den Auftrag an. Er könne auf ihre Mitwirkung zählen. Billig sei es allerdings nicht, von ihr sitzen gelassen zu werden.

Der kleine Herr nickte eifrig und ließ eine fürstliche Anzahlung auf der Theke zurück, nachdem er das Datum und den Ort der Trauung bekannt gegeben hatte. Am Tag nach der geplatzten Hochzeit beglich Evelyn ihre Schulden bei mir und zog aus."

Sie habe etliche Bräutigame sitzen gelassen, erklärte Pat, nachdem er eine zweite Kanne Earl Grey gebrüht hatte. Auf diese Weise habe sie viele echte Hochzeiten gestiftet. Sie habe nicht wieder bei ihm angefangen zu arbeiten, das Hochzeitsgeschäft habe sich als ein lukratives erwiesen, doch sie habe ihn immer besucht, oft direkt nach der unterbrochenen Hochzeitszeremonie, er habe die Ladentür offengelassen, nur für sie. Und sie sei ins Innere gestürmt, habe sich auf die Couch gelegt und den Schleier über ihr Gesicht gebreitet und den Rest des Tages nicht mehr gesprochen. Eines Tages jedoch sei sie nicht gestürmt, sondern getrippelt, zaghaft, verzagt; sie habe sich an die Verkaufstheke gelehnt, er habe ein Foto von ihr gemacht, von ihrem Spiegelbild, danach habe sie den Brautschleier abgenommen, ihn ihm in die Hand gedrückt und sei gegangen. Er habe ihr Bildnis entwickelt und retuschiert, Pat lächelte, er habe es ihr schenken wollen, als Andenken an ihre Abenteuer, doch sie habe sich nie wieder blicken lassen.

Er räusperte sich; es war Zeit zu gehen. Ich dankte ihm für den Tee und die Kekse, schlüpfte in meine Jacke und wollte das Geschäft verlassen, als er mich an die Schulter tippte. „Ein Geschenk“, sagte er, „ein Andenken an Ihr Abenteuer im Uhrenladen.“

Ich öffnete die Plastiktüte und spähte ins Innere. Es war Evelyns Schleier, sorgsam gefaltet, die kleinen weißen Blumen, die den Rand zierten, waren zum Teil abgefallen und das Taubenweiß des Stoffes hatte unter den Fluchten und Jahren gelitten, aber ein eigentümlicher Duft haftete an ihm, ein Geruch, den Pat als Evelyns Parfum identifizierte.

„Kommen Sie wieder vorbei“, sagte er und winkte mir zum Abschied zu.

Ich glaube an Zufälle. Ich glaube an die Macht der Ordnung durch Zufälle; vielleicht ist es unsinnig, daran zu glauben, aber ich bin überzeugt davon, dass Zufälle dem Leben Sinn verleihen, indem sie Verbindungen herstellen, Folgen verdeutlichen, das Widersinnige dessen, was sich Existenz nennt, hervorheben. Möchte ich sie die Leuchtstifte des Lebens nennen? Ja, ich denke schon.

Durch einen solchen Zufall war ich Altenpflegerin geworden; ich habe keine Ausbildung im Pflegebereich, tatsächlich bin ich Pianistin. Oder eigentlich: Ich wollte Pianistin sein, doch niemand wollte mich engagieren, so wurde ich Seniorensitterin. Die erste Zeit arbeitete ich ohne Ausbildung als Hilfskraft, dann wurde mir die schlechte Bezahlung zu dumm, und ich schloss die notwendigen Prüfungen ab, um *etwas* besser bezahlt zu werden. Meine Musik-Karriere hängte ich an den Nagel. Anfangs meinte ich, ich müsse mich grämen, mein furchtbares Los beklagen, doch bald entdeckte ich, wie viel Zeit mir blieb, wenn ich nicht acht Stunden täglich auf die Tasten des Klaviers einschlagen musste. Schneller als ich dachte, gewöhnte ich mich daran, Bücher zu lesen statt Noten, und ich erfreute mich an den geschriebenen Sätzen mehr, als ich für möglich gehalten hatte. Mein Gehirn erwachte; all die Jahre, fast meine gesamte Kindheit und Jugend war es im Dämmerschlaf gewesen, angehalten, um nur auf diese eine Weise zu funktionieren, Melodien zu erkennen, Harmonien, Disharmonien. Nun hüpfte es von einem Gedanken zum nächsten, von einer Idee zur nächsten, und ich bekam nicht genug davon. Historische Werke hatten es mir besonders angetan, historische Romane ebenso wie Sach- und Fachbücher; wie sich die Welt entwickelt hatte, dass es sie einmal in Kinderschuhen gegeben hatte und wie diese in etwa ausgesehen haben mochten, füllte meinen Alltag aus. Möglicherweise war es dieses Steckenpferd, das mich lediglich die Inserate sehen ließ, die sich auf die Pflege von historischen Menschen bezogen – ich bewarb mich ausschließlich in Altersheimen, und es dauerte nicht lange, bis ich in einem Geriatriezentrum angenommen wurde.

Von all den Tätigkeiten, die man zu erledigen hat, wenn man sich um Alte und Kranke kümmert, waren es die Pausen dazwischen, das gemeinsame Warten vor der nächsten Behandlung, auf den Arzt, auf die Krankenschwestern, die mir am meisten Spaß machten; ja, es fühlte sich an wie Spaß, denn ich nutzte die Zeit, um den mir Anvertrauten Geschichten zu entlocken, bis hin zu vollständigen Biografien, das Leben der Individuen als kleine Teile der Weltgeschichte. Wenn ich schon nicht zum Lesen kam, dachte ich, hatte ich nichts dagegen, Historie zu hören, und ich wusste, wie ich meine Ohren am besten einsetzte, darin war ich geschult. Vielleicht, dachte ich, gehört es sich ohnedies so, Geschichte gehört gesprochen. Es liegt eine gewisse Schönheit im gesprochenen Wort – die Schönheit der Vergänglichkeit.

Natürlich, auch dies hätte mir klar sein sollen, Hören bedingt Sprechen, Sprechen bedingt Hören – ich begann, aus meinem eigenen Nähkästchen zu plaudern. Nicht, dass es viel zu erzählen gegeben hätte, im Gegenteil, da es nichts gab, das ich über mich hätte verraten können, verriet ich all das, was man mir in den Pausen, den Leerläufen der Zeit, anvertraut hatte. Nachdem ich eine Aufregung nach der anderen verursacht und Fehden ausgelöst hatte, die sich nur nach dem Ableben der genannten Personen lösen würden, besann ich mich und nahm mir vor, bloß noch von Menschen zu erzählen, die sich außerhalb des Heims aufhielten: Heimfremde. Und so transformierte sich Pat O'Reilly in den Protagonisten meiner Geschichten, in den Helden meines Lebens, Hauptingredienz meines Arbeitsalltags.

Meine Schilderungen Evelyns als Zeitbraut beschäftigten bald das gesamte Pflegepersonal, und auch die meisten Heimbewohner wurden nicht müde, Pats Erzählung in ihren Köpfen durchzuwalken. Dabei ließ sie eine Frage nicht los, nämlich die der Aufrichtigkeit: Hatte Pat gelogen, als er mir von Evelyn erzählte, oder hatte er die Wahrheit gesprochen? War es möglich, war es realistisch, eine Braut auf Zeit zu sein? Gab es Männer, die eine zeitlich begrenzte Verlobte anheuerten, um eine zeitlich unbegrenzte anzulocken? Hatte Mitleid tatsächlich einen lebensverändernden Effekt? Konnte es die Entscheidung eines Menschen so stark beeinflussen, dass dieser Gefühle für einen anderen entwickelte? Und war dies eine spezifisch weibliche Eigenschaft, oder könnte auch eine vor dem Altar sitzen gelassene Braut damit rechnen, von einem Junggesellen in einem Ausmaß bemitleidet zu werden, dass er sie mit sich nach Hause nehmen und im späteren

Verlauf der Liaison das Unrecht wiedergutmachen würde? Meine Kolleginnen und unsere weiblichen Schützlinge beantworteten diese Frage mit einem entschiedenen Nein, Mitleid sei nur ein Aphrodisiakum für Frauen. Meine Kollegen und Heimmänner, die sich offen für Evelyns Schicksal interessierten, suchten nach einer Antwort, umkreisten mehrere, wollten sich jedoch nicht festlegen.

Etwa zu der Zeit, als die Debatte, ob Mitleid zu dauerhafter Liebe führe, eine Intensität erreichte, die ich fast schon als beängstigend empfand – sehr viele Menschen, mehr als ich gedacht hatte, nahmen das Thema äußerst persönlich –, bekamen wir einen Neuzugang. Neuzugänge waren üblicherweise für mindestens dreißig Tage die Königinnen und Könige des Altersheims. Jeder wollte mit ihnen sprechen, die Heimbewohner rissen sich um Neuigkeiten, manchmal führte die Neugier zum Aufflackern eines kleinen Schwarzmarktes; die Informationen, die man ergattern konnte, verwandelten sich in einer Geschwindigkeit, die mich zum Staunen brachte, in einen Gegenstand mit Marktwert – in eine Tafel Schokolade, eine Schachtel Pralinen, getrocknete Früchte, Nüsse, frisches Obst von den Kindern und sogar in Kleidung und Schmuck.

Die Neue, da sichtbar jünger und schlank, machte einen großen Eindruck auf die Herren, doch auch die Damen näherten sich ihr mit einer Freundlichkeit, die die Falschheit und Sensationslust gerade noch kaschierte. Ich blieb in der Nähe sitzen, mit offenen Ohren und gesenkten Augen, denn ich wollte ihr beistehen, sollte es erforderlich sein. Zunächst lief alles gesittet ab, Manieren hatten die meisten, das musste man ihnen zugestehen. Man stellte sich einander vor, die Vornamen und Nachnamen wurden laut ausgesprochen und gebrüllt wiederholt für diejenigen, die vergessen hatten, ihre Hörgeräte einzuschalten. Die Neue grinste höflich, wiederholte das Gesagte und nickte gnädig, thronte wie eine Herzogin zwischen ihren Untertanen, die voll Neid die Farbigkeit ihrer Garderobe bewunderten. So ein grelles Gelb und Rot würden sie niemals zu tragen wagen, flüsterten sie einander zu, man sehe sich bloß die neongrünen Strümpfe an. Vielleicht sei sie farbenblind, vernahm ich noch, ehe jemand mit einem laut gezischten „Ruhe!“ das Geraune abwürgte. In diese Stille tönte ihr Sopran, die Stimme eines Vögelchens. Ihr Name sei Evelyn Jones, sagte die Neue, ehe das Gemurmel wieder einsetzte.

Meine Schützlinge bemerkten erst gar nicht, dass vor ihnen eine Evelyn saß, die meinen Geschichten entsprungen hätte sein können. Ihre blauen Augen und helle Haut deuteten auf helle Haare hin, und sie trug keinen Ring am Finger, war also nicht verheiratet. Nie verheiratet, fragte ich sie, nachdem die Aufregung um ihre Person etwas abgenommen hatte. Nie, erwiderte sie mit einem höflichen Lächeln. Ich nickte, machte mich bereit für einen neuen Angriff. Ob sie sich mit Uhren auskenne? Ich hielt ihr meine Armbanduhr unter die Nase. Ich hinge sehr an diesem Erbstück, aber ich traue keinem Uhrmacher. Ob sie sie vielleicht reparieren könne? Evelyn lachte laut auf. Was ich ihr zutraue, ich törichtes Kind! Sie besitze Uhren, könne sie jedoch nicht reparieren. Ich gab mich verständig. Natürlich, antwortete ich, möglicherweise kenne sie aber jemanden, der diese Fähigkeit besitze? Einen Uhrmacher ihres Vertrauens?

Evelyn wiegte ihren Kopf hin und her. In ihren Augen machte sich eine Entrücktheit breit, die mein Herz vor Vorfreude und Neugier hüpfen ließ. Doch plötzlich erlosch dieses Licht, und sie schüttelte den Kopf, sie kenne nicht einen einzigen Uhrmacher, ich möge ihr ihre Unkenntnis verzeihen, und mit diesen Worten bat sie mich, sie für den Rest des Tages allein zu lassen.

Ich weiß nicht, was mich dazu bewog, ihre Zimmertür aufzubrechen; die Naturliebhaber hatten einen Ausflug zum nächstgelegenen Wald unternommen, die Modebewussten eine Shopping-Tour ins nächstgelegene Einkaufszentrum, beides lag eineinhalb Stunden vom

Seniorenheim entfernt. Diese Gelegenheit wollte ich nutzen, um Evelyns Kleiderschrank zu durchwühlen. Ich weiß nicht, was ich zu finden glaubte. Ein Tagebuch, in dem ausführlich ihre Zeit als Zeitbraut beschrieben war? Eine Quittung aus Pat O'Reillys Uhrengeschäft? Eine Uhr? Das Brautkleid, das zum Schleier passte, den mir Pat geschenkt hatte?

Ich fand nichts dergleichen, natürlich nicht. Vielleicht aus Enttäuschung über das Fehlen jeglicher Spuren, vielleicht auch aus Verzweiflung, dass die Geschichte Pats kein Ende hatte, obwohl es mich unbedingt nach einem Ende verlangte, ließ ich den Schleier, den er mir geschenkt hatte, in Evelyns Zimmer zurück. Ich legte ihn auf ihr Bett; die Stoffmargeriten, die sich gelöst hatten, streute ich obenauf.

Über die Zeitbraut sprach ich nicht mehr, und niemand fragte mich nach ihr. Die meisten Heimbewohner hatten Schwierigkeiten, sich an die Gegenwart und die unmittelbare Vergangenheit zu erinnern; sie vergaßen schneller, als man erklären konnte. Ich zog mich in den Augenblick zurück, der an diesem Ort keine Zukunft hatte, und ich lernte auf eine Weise zuzuhören, die alles Handeln obsolet machte. Schließlich schrieb ich auf dem Heimcomputer ein Kündigungsschreiben und händigte es dem Heimleiter aus, der nicht versuchte, mich zum Bleiben zu überreden.

An meinem letzten Arbeitstag rief mich Evelyn in ihr Zimmer. Ob ich ihr den Schleier hingelegt hätte, fragte sie mich. Ich nickte. Ob ich ihn von Pat bekommen hätte, fragte sie weiter. Wieder nickte ich. Pat, Pat, der alte Pat, murmelte sie. Ob es ihm gut gehe? Ja, antwortete ich. Sie kenne ihn also, Patrick O' Reilly? Natürlich, sagte sie langsam, sie kenne ihn, und obwohl sie sich bemühe, ihn zu vergessen, schaffe sie es nicht, denn er habe sie damals vor dem Altar sitzen gelassen. Und mit diesen Worten schob sie mich in den Flur und schloss die Tür.

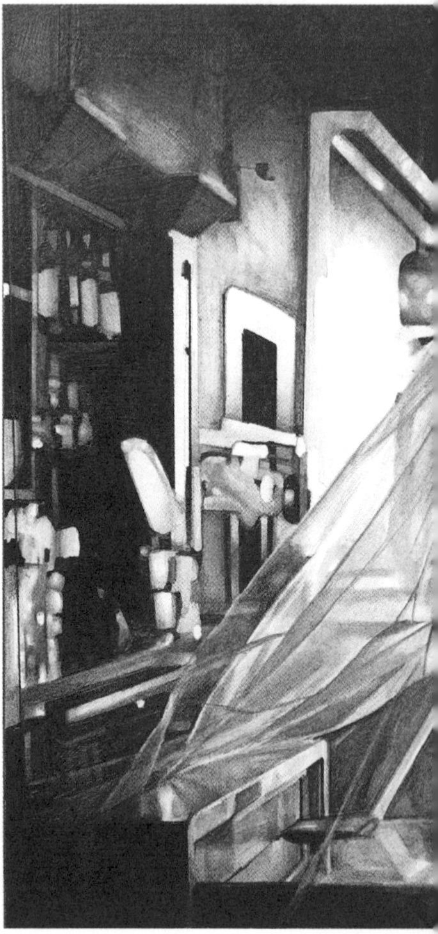

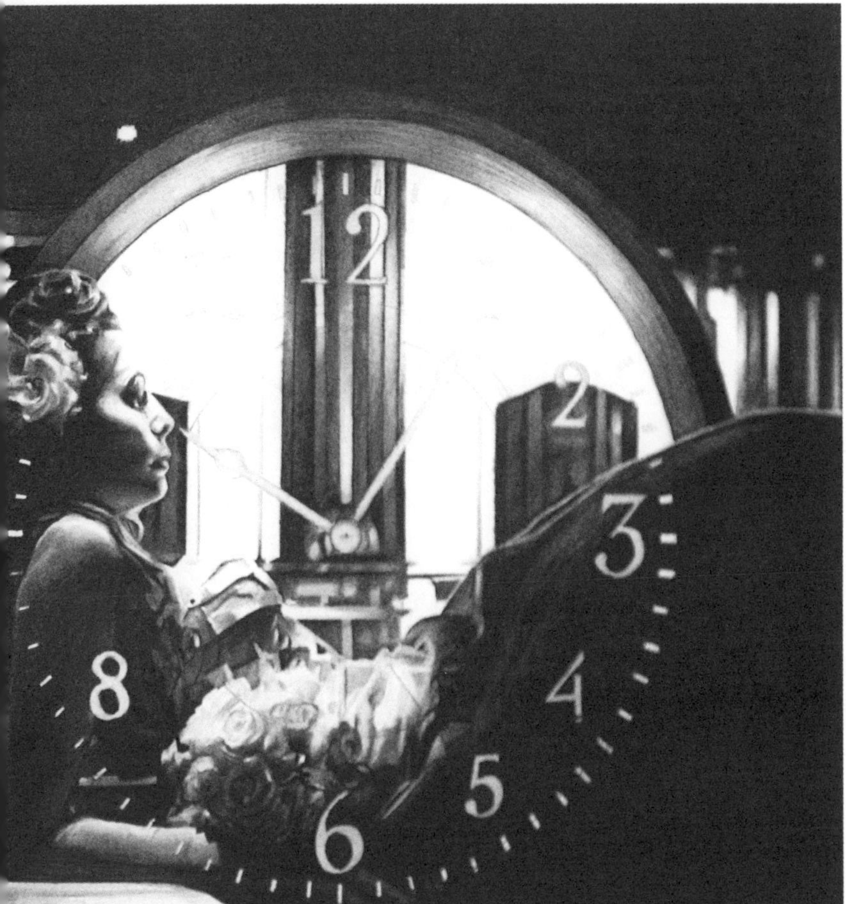

Die Zähne

Gilbert träumt: Er sitzt in einem Zugabteil neben zwei Frauen. Sie stellen sich mit einer kleinen Verbeugung vor. Martha sagt, sie heißen Ida und Martha. Ida ist stumm, da sie aus ihrem Mund eine Gebirgslandschaft bläst. Sie hört nicht auf, bis alle Berggipfel vollzählig sind und die Wolken einen Himmel gebildet haben. Martha trägt eine Fellmütze auf dem Kopf. Ein Horn und zwei Messerschneiden ragen aus der Stirn. Endlich knarrt Ida: Der Arzt sagt, Sie sind ein Engel. Gilbert: Sprechen Sie mit mir? Martha nickt: Der Arzt sagt, Sie sind ein Engel. Sie nestelt in ihrer Handtasche, gibt ihm zwei verschlossene Briefumschläge. Er öffnet sie, beide Karten sind leer. Ida und Martha streifen sich lange Lederhandschuhe über. Ihre Finger formen sich zu Krallen. Sie nähern sich seinem Hals, drücken auf seinen Kehlkopf. Er zieht eine Bratpfanne aus der Hosentasche. Gilbert schlägt auf Idas und Marthas Köpfe. Die Hüte wehren sich. Es kommt zu einem Kampf zwischen dem Horn, den Messerschneiden und der Pfanne. Die Pfanne gewinnt. Das Abteil verwandelt sich in einen Hotelflur. Martha ruft den Aufzug herbei. Der Aufzug stürzt ab.

An einem Sonntagmorgen, die Kopfschmerzen lagen noch im Bett, und auf den Straßen herrschte schüchterner Verkehr, schüttelte

Gilbert den Traum ab, einen Wiederkehrer, und beschloss statt einer Dusche ein Sandbad zu nehmen. Er füllte die orangerote Plastikwanne seiner Kinder mit Vogelsand, den er im Tiergeschäft an der Ecke gegen ein Glas Münzen erstanden hatte, und warf sich, Rücken voran, in den Sand; die Beine und Füße wälzte er zuletzt. Anschließend schüttelte er sich so lange, bis er den Sand vollkommen losgeworden war, und lief in die Küche, wo er das Frühstück, eine Schüssel Müsli, ein hart gekochtes Ei und eine Scheibe Toastbrot in seine Backen schob, ohne zu kauen. Im Badezimmer spuckte er die Ladung in den Wäschekorb, die Reste, die in den Zähnen und Wangen stecken geblieben waren, holte er mit den Fingern hervor und schmierte sie dazu. Er schloss den Korb und lief erneut in die Küche, wo er Kaffee aus der Kanne schleckte. Beim Hinauslaufen packte er ein paar Salamischeiben, etwas Vollkornbrot und eine Gewürzgurke in die Wangen und spie die Mischung auf die Dreckwäsche. Danach lief Gilbert in die Abstellkammer zum Schlafen, in einen dunklen Raum unter der Treppe, der wegen der Heizrohre in der Wand warm war, und kuschelte sich in die lose verstreuten Zeitungen.

Als er erwachte, waren seine Lippen zerbissen, und es war ihm kaum möglich, den Mund zu schließen. Seine Zähne waren gewachsen, das war eindeutig; Gilbert überprüfte dies mit Hilfe eines Spiegels und eines Lineals. Noch während er sie abtastete, musste er feststellen, dass sie bereits weitergewachsen waren, so beschloss er, sie an einem Tischbein abzuwetzen. Er wieselte aus der Kammer, blieb aber bei der scharfen Rechtskurve mit der Wange an der Türklinke hängen. Auch die Backen hatten sich verändert, wieder griff Gilbert zum Spiegel, sie hatten sich in Hängebacken verwandelt, reichten bis zur Kinnspitze und schlabberten bei jeder Bewegung. Gilbert machte dies allerdings nichts aus, im Gegenteil: Sie gefielen ihm besser als vorher. Zufrieden ließ er sie in seinen Händen auf und ab hüpfen, als wären sie Brüste.

Es begann zu dämmern, Gilberts Magen knurrte laut und anhaltend. Auf Salami hatte er keine Lust mehr, wohl aber auf Vollkornbrot. Nach dem mühsamen Abendessen, es bestand aus Sonnenblumenkernen, die er mit seinen Zähnen und Fingern aus den Fitnessbrötchen pulte, verspürte er den Drang zu laufen. Laufen gehörte zu den Dingen, die Gilbert früher stets versucht hatte zu vermeiden: Nie wäre er gerannt, um einen Bus zu erwischen, und schon gar nie aus Spaß. Doch heute drängte es ihn geradezu danach zu rennen, er war besessen von dem Wunsch, die Beine zu bewegen, den Wind in den Haaren und hinter den Ohren zu spüren. Hin und wieder schlich sich der Gedanke an Sonnenblumenkerne ein, dann hielt er Ausschau nach einem weiteren

Fitnessbrötchen, schließlich aber gewannen die Füße die Oberhand, und er nahm sie unter die Arme und rannte los, aus dem Haustor, die Straße hinauf zur Busstation und weiter nordwärts bis zum Ende der asphaltierten Wege; er lief auf verlassenen Schienen, die mit Gras überwuchert waren, Gras und Unkraut, rannte auf ein Wäldchen zu, über eine Wiese, rannte im Zick und im Zack und verrannte sich. Da er sich nicht entscheiden konnte, in welcher Richtung er weiterrennen sollte, rannte er auf der Stelle, nur um zu rennen. Als er ein verdächtiges Knacksen hinter sich hörte, floh er in den U-Bahn-Schacht.

Für die Zwillinge vergingen die Stunden im Hort zu langsam, die Mädchen starrten auf die große Uhr mit dem römischen Zifferblatt, hatten aber das Gefühl, die Zeiger bewegten sich nicht, tatsächlich waren sie sich nicht sicher, ob der Zeitzähler überhaupt Zeit zählen konnte – manchmal schien die Uhr Zeiger zu besitzen, dann wieder waren sie verschwunden. Zudem mussten sie die Stunden, die sie wohl behütet in der Fremde verbringen durften, still sitzen; ein Buch in der Hand war alles, was ihnen gestattet war, die Beine brav übereinander geschlagen, und aus den zusammengebundenen Haaren verirrte sich keine Strähne. Die Aufpasserin, eine Frau mit leeren Augen, hockte mit

Vorliebe mit angewinkelten Beinen auf dem Boden, stets auf der Suche nach Briefchen, die die Jugendlichen einander zusteckten. Vielleicht aber, schlug der eine Zwilling eines Tages vor, war sie nicht auf der Suche nach Briefchen, sondern dabei, ihre Nummer zu proben. „Nummer?“, fragte der andere. „Siehst du denn nicht“, sagte daraufhin Nummer Eins, „dass sie eine Akrobatin ist, eine Schlangenfrau?“ „Nein“, antwortete Nummer Zwei, „ich dachte, sie ist Harlekins Braut“, und jagte die kleine Petze, die hellgraue Taube, die die Aufpasserin stets umschwirrte, fort.

An der Haltestelle stiegen die Zwillinge in die Tram und pressten ihre Gesichter an die Glasscheibe: Ein Luftballon versuchte dem Gartenzaun zu entkommen, eine Neonreklame morste unablässig SOS, und der Schaffner schmökerte während der Fahrt im Smartphone. Plötzlich sprang ein Mann auf die Gleise, der Schaffner zog die Notbremse, der Mann blickte sich verwirrt um und verschwand im U-Bahn-Tunnel, und die Schwestern, angezogen von dessen schlabberndem Gesicht, hetzten aus dem Zug und ihm hinterher.

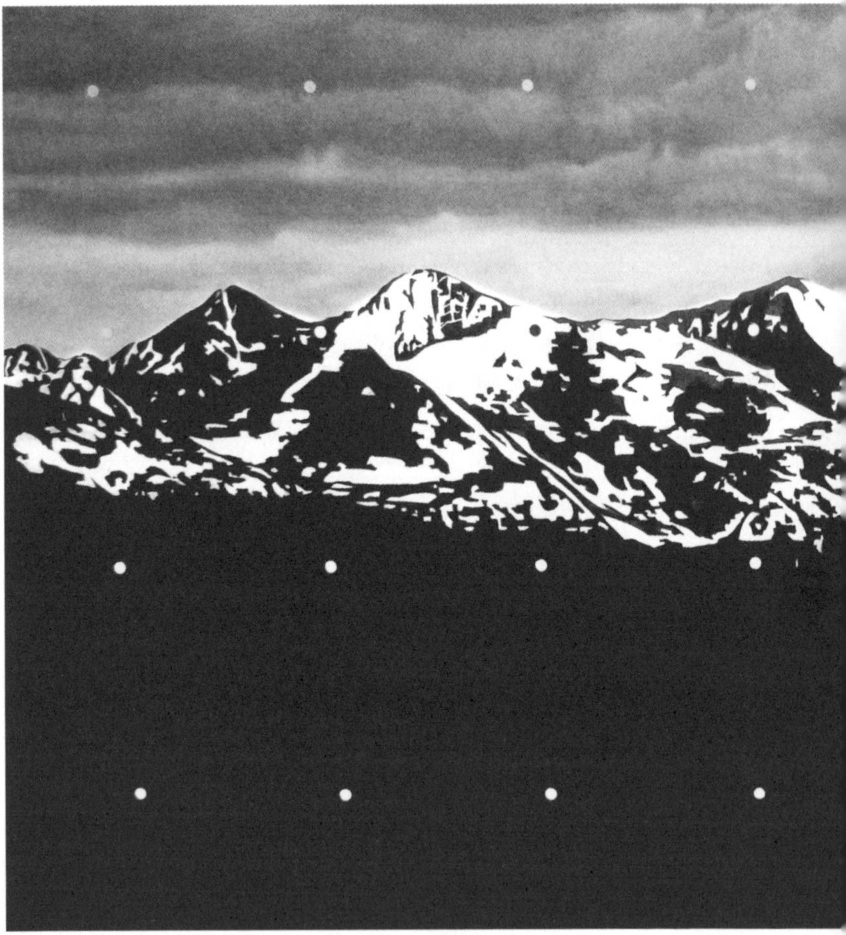

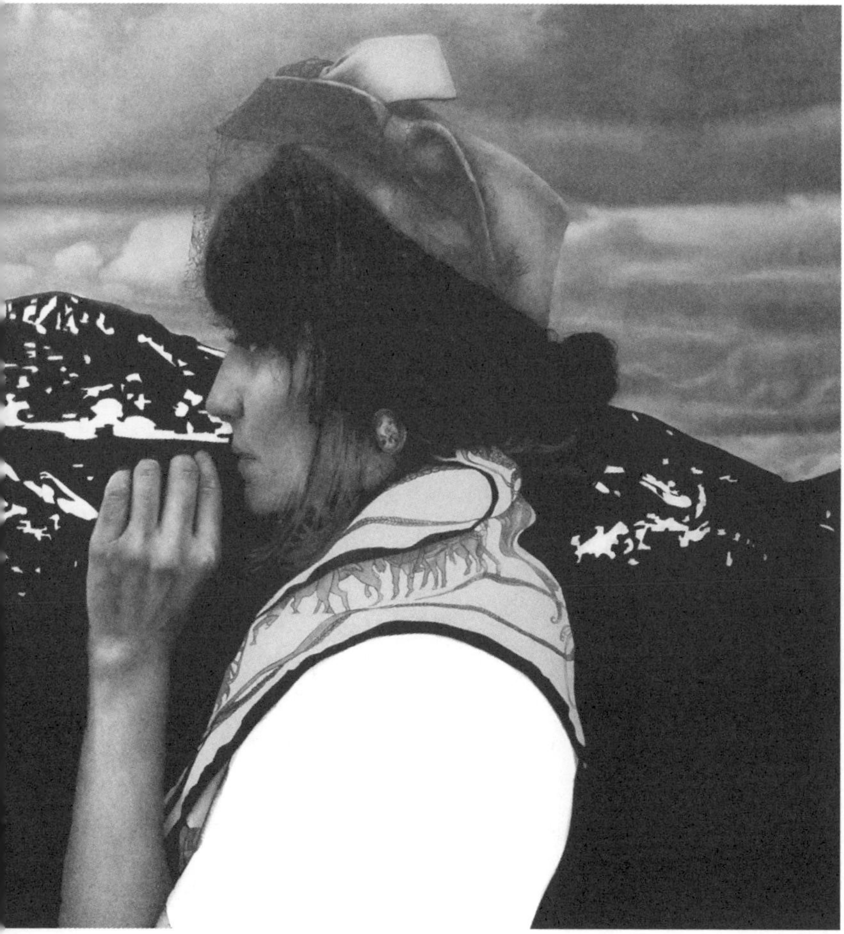

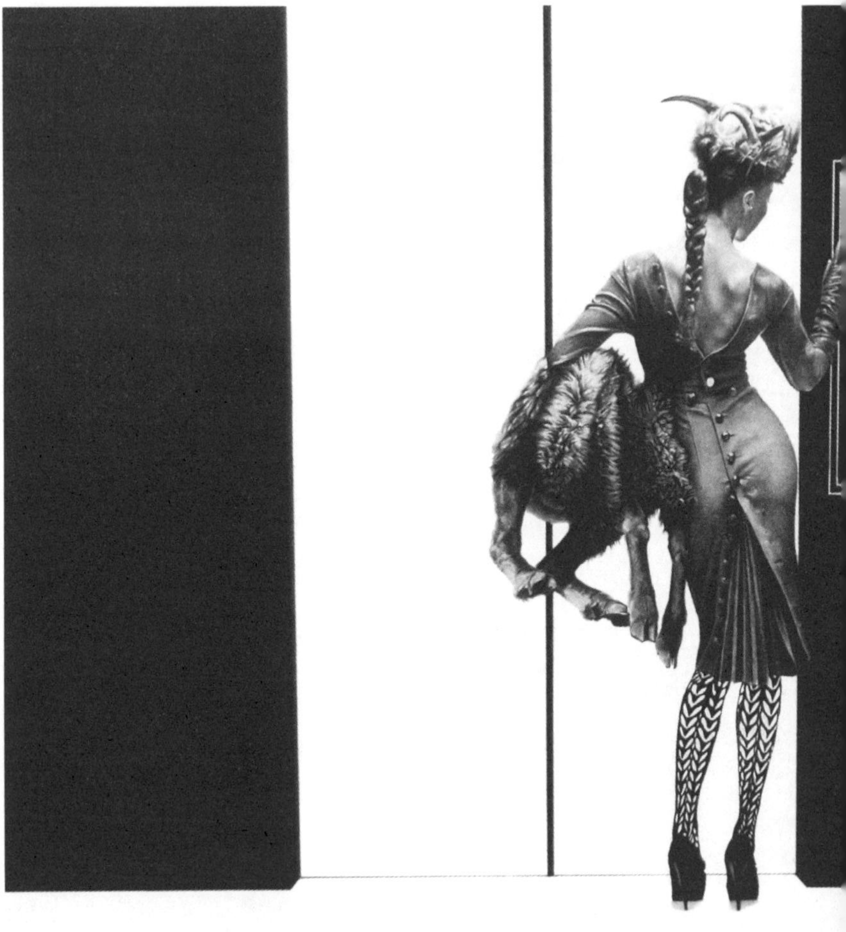

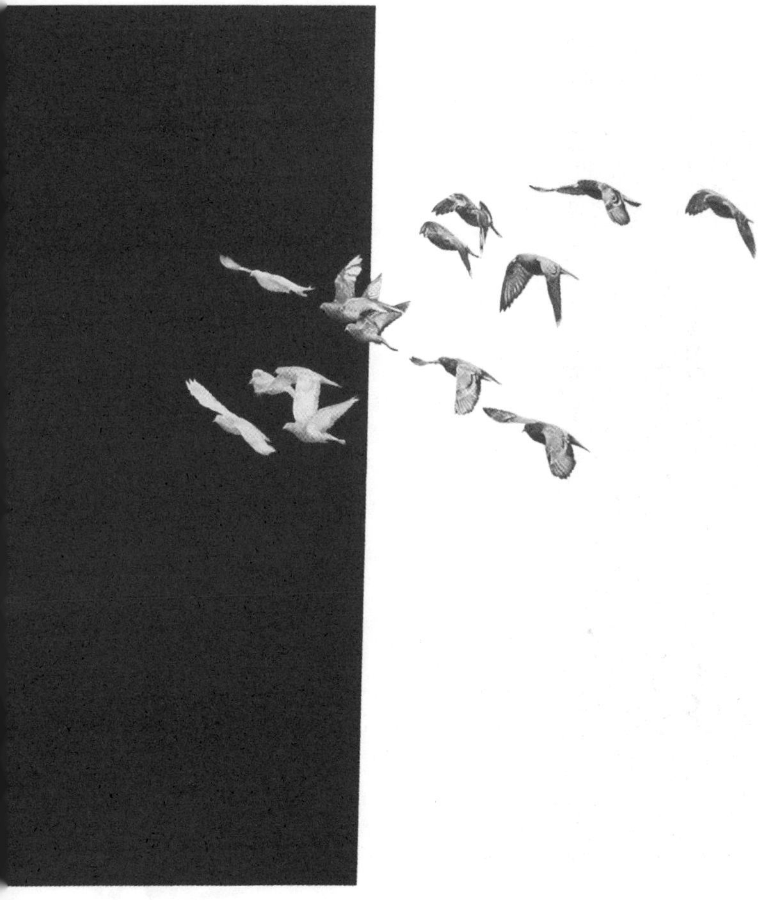

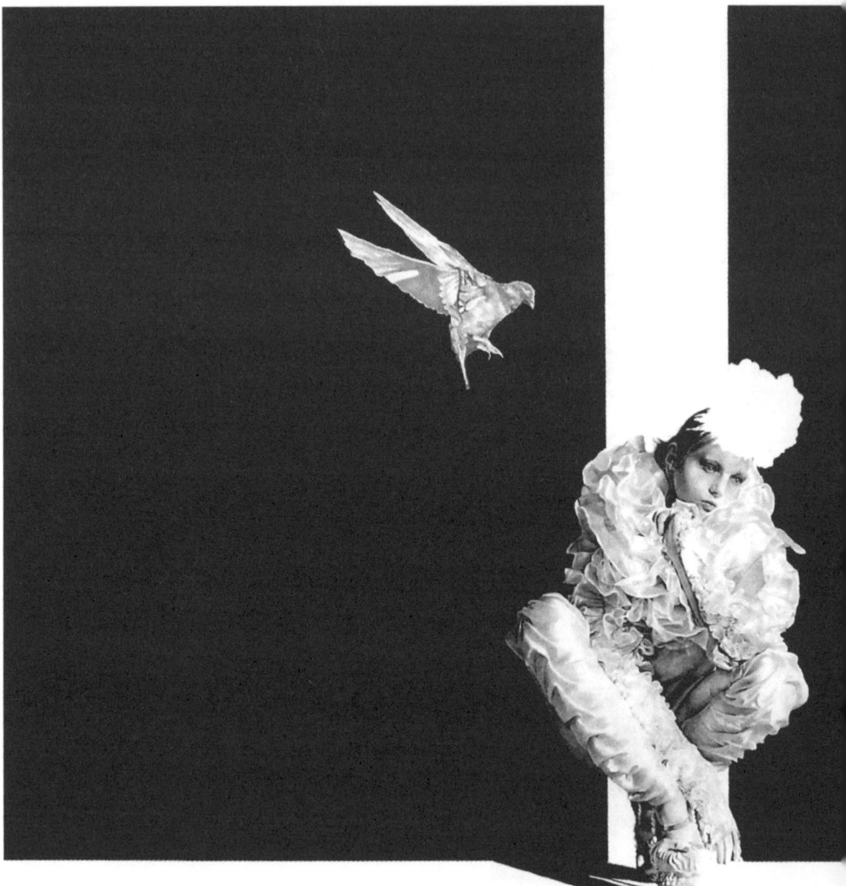

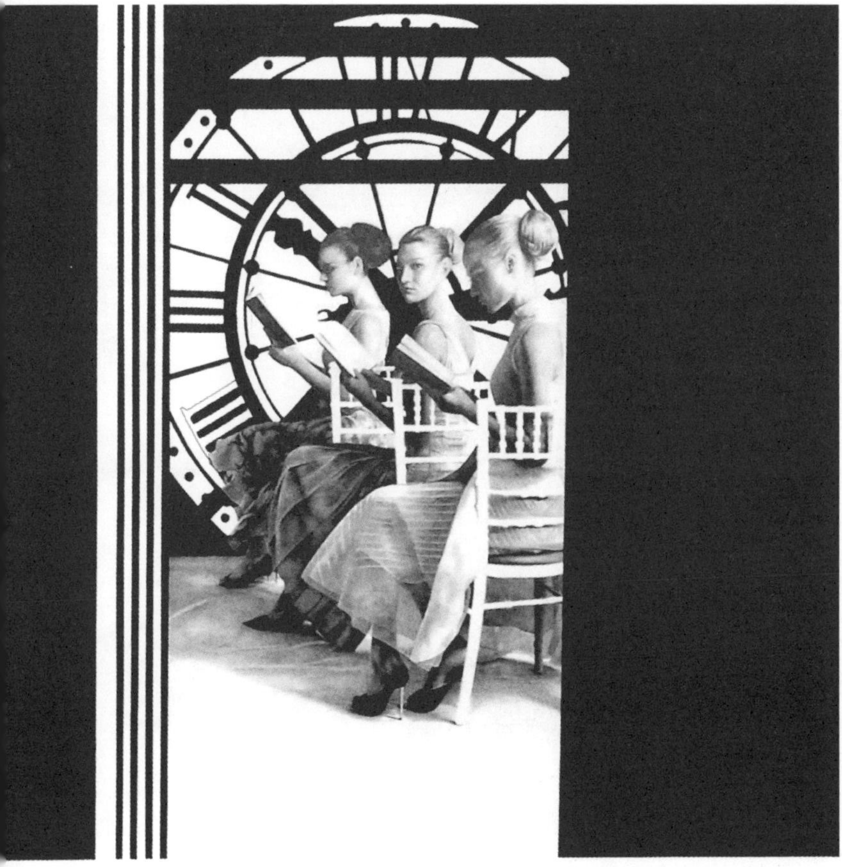

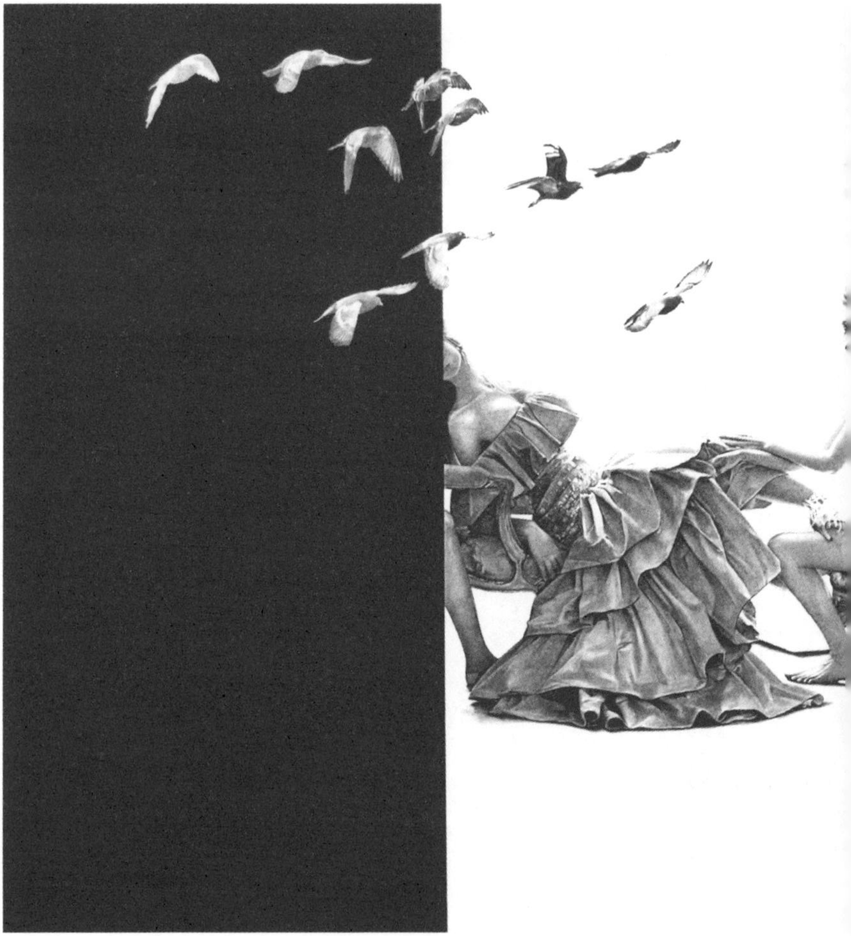

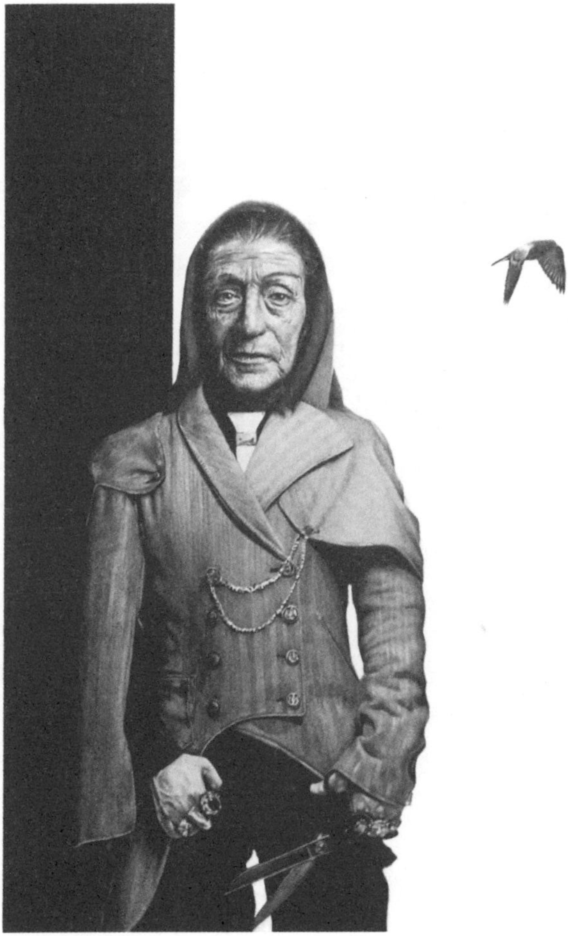

Es roch nach Berührungen von Regen mit Welt; im Tunnel fanden sich weder Gehwege noch der rasende Wilde, nur Feuchtigkeit und die Gewissheit, dass sich Moder in den Haaren und in der Kleidung niederlässt, um für immer eingenistet zu bleiben, und doch kehrten die Zwillinge nicht um, sondern versuchten, den Mann mit den wehenden Wangen zu erschnuppern; es schien ihnen, als müsste er duften.

Gilbert gelangte in der Zwischenzeit in den Aufsichtsraum, eine kleine Kammer, die in die Tunnelwand hineingeschnitten war. Ein Fernseher stand auf dem weißen Plastiktisch, davor ein leerer Gartenstuhl, die Zeitung war zusammengefaltet und hing (gerade noch) über der Lehne. Vorsichtig sah sich Gilbert um, seine Schnurrhaare auf dem Nasenrücken zuckten nicht, also schlüpfte er in den Raum, zog die Tür hinter sich zu, verzog sich unter den Tisch und schlief ein. Vielleicht hatte es ihn danach gedrängt, aus der Wohnung zu laufen, weil er sich in den Höhlen unterhalb der Stadt sicherer fühlte. Die Dunkelheit machte ihm nicht zu schaffen, im Gegenteil, sie erleichterte das Erkennen: Die Finsternis schärfte seinen Sehsinn, die Welt war ihm in dieser Brillanz noch nie zuvor aufgefallen. Zudem konnte er endlich seinem Drang nachgehen, mit den Händen und Füßen zu graben, in der Erde zu wühlen, sich auf der Erde und in ihr zu wälzen und Dreck auf sich zu häufen, ohne gesellschaftliche Konsequenzen.

Nach dem Nickerchen begann er in den Nebenhöhlen des U-Bahnnetzes Gänge zu graben, vier Eingänge hatte er geplant, die Nestkammer sollte sich genau einen Meter unter der Erdoberfläche befinden und mit Gras ausgelegt sein, seine Fingernägel, seine Schaufeln, hatten schon begonnen, sich seinem Wunsch anzupassen, sie wuchsen sich aus zu Krallen, und die Hände zu Pfoten, etwas stärker behaart und um einiges kräftiger als zuvor; die helle Welt entfiel ihm zunehmend, und seine Erinnerungen wurden vom Dunkel verschluckt.

Die Zwillinge hatten sich verlaufen. Seit einigen Tagen irrten sie durch das unterirdische Labyrinth und hatten es schon fast aufgegeben, an die Erdoberfläche zu gelangen, als sie an einer Abzweigung eine Abstellkammer entdeckten. Die hölzerne Tür war hinter einem Vorsprung verborgen und ihnen nur aufgefallen, weil ein undefinierbarer Essensgeruch durch einen Spalt in den Tunnel strömte.

Vorsichtig spähten sie in den Raum, konnten aber im Schein des Streichholzes nicht viel erkennen. Um ganz sicher zu gehen, dass im Inneren der Höhle niemand auf sie lauerte, blieben sie eine Weile vor der verschlossenen Tür sitzen und horchten auf verdächtige Geräusche. Erst als sie sich vergewissert hatten, dass ihr Leben nicht in Gefahr war, schlüpften sie in die Futterkammer. Eine große Auswahl an Lebensmitteln gab es nicht, sie ertasteten hauptsächlich Mandeln, Erdnüsse, Haselnüsse und Walnüsse, sowie Samen, Sonnenblumenkerne, Kürbiskerne und etwas weiches, fauliges Obst, außerdem tote Insekten, Fliegen, Würmer, Käfer; da sie jedoch seit mehr als zwei Tagen nichts gegessen hatten, erschien ihnen dieser Futterhaufen wie ein Schlaraffenland.

Die Mädchen stürzten sich auf das Essen. Im Schein des vorletzten Streichholzes beschlossen sie, an diesem wundersamen Ort zu bleiben und auf den Besitzer der Fressalien zu warten; auch wenn er böse auf sie wäre, weil sie seinen Vorrat dezimiert hatten, wollten sie ihn um Hilfe bitten, er musste den Weg ins Freie kennen, vielleicht würde er sie sogar bis zur Erdoberfläche begleiten.

Doch bereits nach wenigen Stunden bereuten sie ihre Entscheidung: Nichts deutete darauf hin, dass der Sammler zurückkehren würde, wahrscheinlicher war, dass er diesen Ort aufgegeben hatte, daher das verfaulte Obst und die vielen toten Insekten. Diese Kammer war nicht für die Lebenden gedacht, sondern für die Toten, schoss es ihnen durch den Kopf – es war eine Gruft.

Gerade, als sie sich wieder in die Finsternis wagen wollten, kam ein Schatten durch die Tür gehumpelt, stieß bei ihrem Anblick ein aufgeregtes Pfeifen aus und begann bedrohlich zu knurren.

Sein rechter Unterschenkel stand waagrecht in die Luft, Gilbert war auf seinen Beutezügen von einem Balkon gefallen. Er hatte zwar als Vierbeiner eine beachtliche Geschicklichkeit erworben, war aber gerade deswegen leichtsinnig geworden und hatte sich seine Ziele immer höher und höher gesteckt. Während er von Balkon zu Balkon gesprungen war, mehr ein Affe als ein Nager, war er abgerutscht und dabei mit einem Fuß zwischen den Geländerstangen hängen geblieben. Also hatte er die Futtersuche abgebrochen und war in seinen Bau zurückgehinkt. Auf dem Weg in den U-Bahn-Schacht hatte er sich trotz Dämmerung – nur im Zwielicht fühlte er sich sicher – ständig umgesehen und seine Nase in die Höhe gehalten, er war das beklemmende Gefühl nicht los geworden, dass sich ihm ein Raubtier näherte, eine Katze oder ein streunender Hund. Nun hatte er zwei Mädchen vor sich, denen die Finsternis sämtliche Farben von Gesicht und Kleidung gestohlen hatte: zwei Geister.

Gilbert machte es sich (so gut es ging) in seinem Nest bequem, krempelte das rechte Hosenbein hoch und untersuchte die Verletzung, die sich, von Schwärze angesteckt, ebenfalls schwarz verfärbt hatte. Das Gespensterduo fragte, ob es in der Nähe ein Krankenhaus gebe, und ihre Stimmen klangen wie das Echo eines verdächtigen Orakels, aber Gilbert hörte nicht zu, er hatte sich schon über das Bein gebeugt und begonnen, es abzubeißen.

Als er die Operation beendet hatte, reinigte er seine Zähne mit der Zunge und den Fingern. Die Schwestern, die ihm noch immer stumm gegenüber saßen, ignorierte er, akzeptierte aber die Haselnuss, die ihm Nummer Eins anbot. Nummer Zwei trug den abgetrennten Unterschenkel in den Nachbargang und stopfte ihn in einen Spalt, dann säuberte sie Gilberts Nest und streute trockenes Stroh auf die blutdurchtränkte Stelle.

● Wie zahm er ist, dachten die Zwillinge, als sie ihm, wie jeden Tag, den Bauch kraulten und ihm Sonnenblumenkerne und Erdnüsse zusteckten. Ließen sie die Nuss auf der Hand, setzte er sich sogar auf ihre Hände, wobei diese vollkommen unter seinem Gesäß verschwanden. Da er sich weigerte mit ihnen zu sprechen – außer einem lauten Pfeifen kam nichts aus seinem Mund –, nannten sie ihn *Hallo*. Dies war das einzige Wort, auf das er reagierte. Auf die Idee, sich selbst mit Namen vorzustellen, kamen sie nicht. Es reichte ihnen, dass er wusste, wann er angesprochen war.

Sie begleiteten ihn überall hin, auch bei der Futtersuche, da er ständig das Gleichgewicht verlor und sich wunderte, wenn er umfiel. Manchmal versuchte er gar, sich mit dem Phantomfuß am Oberschenkel zu kratzen. Sein wohliger Gesichtsausdruck stand dabei ganz im Gegensatz zum Gelenk, das orientierungslos durch die Luft ruderte. Gilbert schien die Amputation vergessen zu haben, ebenso seinen Unfall; das Einzige, an das er sich erinnerte, waren gute Futterplätze und -verstecke sowie die Mädchen, die ihn mit Nüssen und Streicheleinheiten gezähmt hatten.

Aber auch die Zwillinge vergaßen; sie vergaßen, dass sie vor wenigen Tagen noch verzweifelt versucht hatten, einen Ausgang aus dem Labyrinth zu finden. Nun, da sie ihre genaue Position kannten, genossen sie Gilberts Gesellschaft und dachten gar nicht mehr daran, in ihr Zuhause zurückzukehren. An manchen Abenden wagten sie sich ohne seine Hilfe in die Oberwelt und brachten ihm einen Eimer voll Sand mit, den sie in seine Sandkiste schütteten, damit er ein Sandbad nehmen konnte. Ihr altes Leben vermissten sie nicht; an seinem Haar lasen sie den Wechsel der Jahreszeiten ab, da es im Oktober seine Farbe verlor und winterweiß wurde, im Februar dunkelte es nach und wurde wieder hellbraun.

Gilbert wurde ihr Haustier und Häuptling, ihr Haustierhäuptling, was immer er befahl, sie folgten ihm, imitierten ihn. Er war ihr Meister, lehrte sie das Leben im Untergrund, zugleich machte es Spaß, ihn zu striegeln und zu dressieren, und die Zwillinge revanchierten sich, indem sie ihm seine dreibeinige Existenz so angenehm wie möglich machten – zu angenehm, wie sich herausstellte: Er vergaß vollkommen, seine Zähne zu wetzen. So wuchsen seine unteren Nagezähne aus der Mundhöhle heraus und spiralförmig in seinen Oberkiefer, die oberen Zähne aber krümmten sich um sich selbst und durchstießen sein Kinn.

Kurz bevor Gilbert erstickte, streichelten ihn die ergrauten Zwillinge und stellten sich endlich vor. „Du sollst unsere Namen erfahren", sagten sie, „wir heißen Ida und Martha."

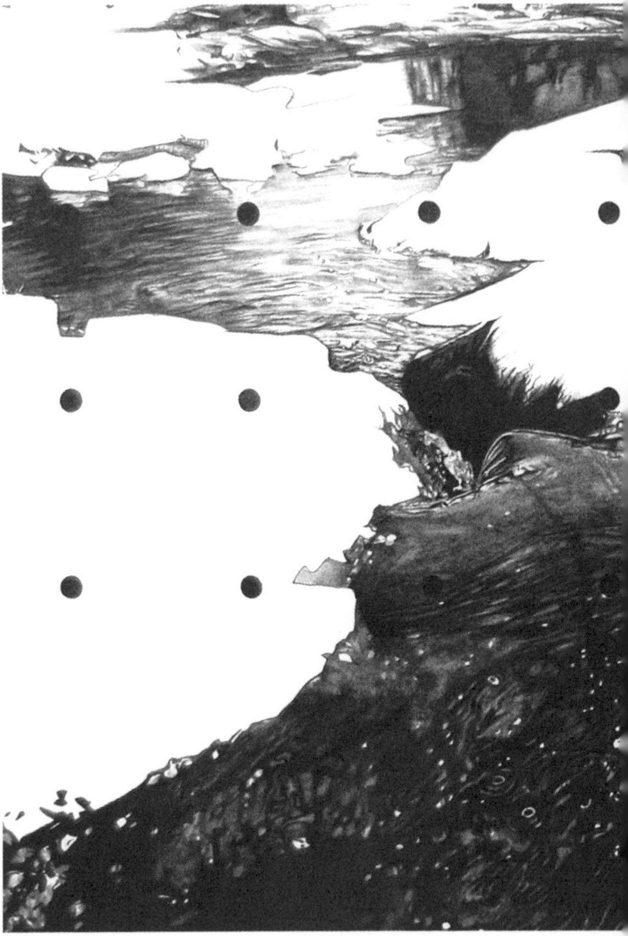

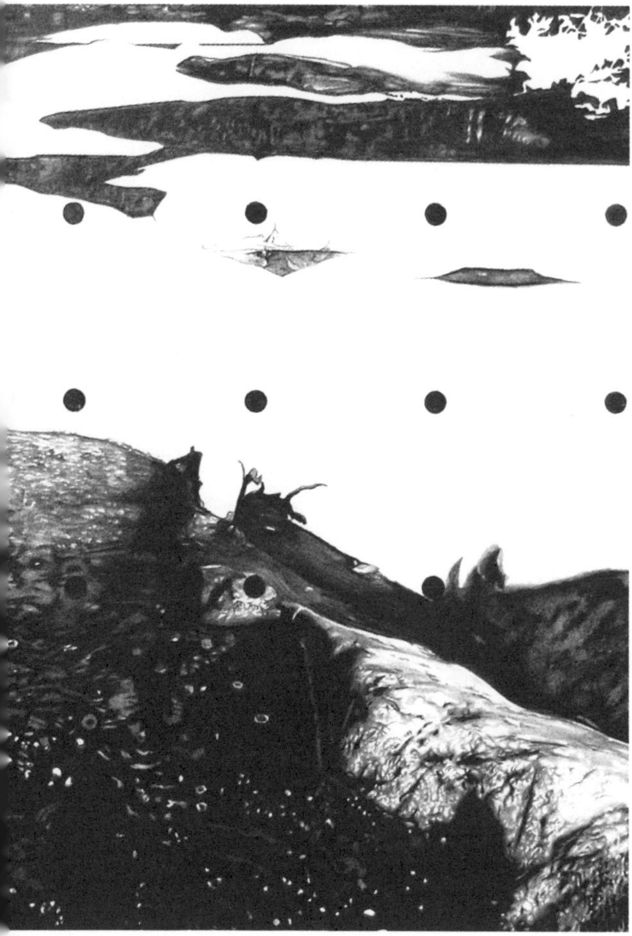

Fingerpflanzen

In den Stunden nach der Dusche, die Sauberkeit tabellarisch geteilt, stach sich Schmidt mit dem Zeigefinger in die Augen und rührte in der geknackten Iris so lange, bis Knospen von Wurzeln trieben, von Wurzeln oder doch eher Würzelchen prospektiver Finger, Hände und Arme, zwei an der Zahl, ein Paar – weniger wäre zu wenig gewesen, vierarmig zu sein entsprach seiner Vorstellung von biblischer Vollendung – und begab sich sodann in sein Lager: Im blauen Garten dominierte der Geruch verrottender Äpfel. Er gesellte sich auf die andere Seite zu den Rosenbüschen; er hatte sie vor gefräßigen Schnecken, Käfern und fortpflanzungsfreudigem Unkraut (potentielle Wäldchen) beschützen müssen, um in ihrem Schatten zu sitzen.

Am nächsten Morgen kribbelte es in seinen Fingerspitzen und in den Augen, auch dort waren es Fingerkuppen, die krabbelten, sie zitterten unter den Wimpern und behinderten die Sicht ein wenig, und doch betrachtete sie Schmidt zufrieden. Mit den Tagen wuchsen die Kuppen, wuchsen sich aus zu Fingern und Händen, und schließlich, endlich, ragten aus seinen Augenhöhlen zwei zierliche Arme, so dünn wie die Äste eines jungen Baumes und ebenso zäh, umschlossen von einer zarteren, bleicheren Haut, empfindlicher als die bereits alte Speckschwarte. Auch die Augen waren umgezogen, sie wuchsen aus den neuen Handflächen, links das eine, rechts das andere, und blickten in die Welt wimpernlos, dafür geschützt unter einem Fingerdach. Etwas glubschäugig glotzten sie umher, die Handfläche war eine Spur zu dünn geraten, doch das Beste ist, so sah es jedenfalls Schmidt, nun ist ein Rundumblick möglich, und auch das Schielen, der doppelte Blick, ist sinnvoll, niemand kann mich von hinten angreifen, hinten existiert nicht mehr, nur rechts und links.

Wie nett, dachte er, und drehte sich im Spiegel hin und her, wie gut sich die neuen Arme machen, wie ein Geweih, dachte er, es sieht ein wenig aus, als hätte ich ein ins Gesicht gerutschtes Gehörn, eines, das um vieles vielseitiger ist als das übliche, denn ich kann die einzelnen Spieße abbiegen, kann mit ihnen greifen und könnte sogar Faustkämpfe austragen, wenn ich wollte.

Dieser Gedanke behagte ihm, er schnurrte stillvergnügt, fuhr sich mit der Originalhand über sein Kinn, die Probefahrt war gelungen, so machte er sich auf zum Probegang, den ersten Spaziergang seit der Brut der Arme drei und vier, und etwas holpernd, etwas stolpernd ging er in den Garten.

Das Talent, die eigenen Hände und Arme zu multiplizieren, entdeckte Schmidt, als er aus Versehen seine Fingerspitzen ins Blumenbeet tauchte und sich plötzlich zwischen den Tulpen ein erstaunlich genaues Duplikat seiner Finger zu regen begann. Zuerst dachte er, sein Gehirn gaukle ihm etwas vor, auch an die Theorien über das Unbewusste, die geheimen Wünsche und Ängste dachte er, aber als er am nächsten Tag noch immer die kleinen Würste sich aus der Erde drehen sah, nahm er all seinen Mut zusammen und griff sie an. Kein Zweifel, sie fühlten sich an wie Haut, sie fühlten sich an wie Zeigefinger und Daumen, mittlerweile sahen sie auch wie solche aus, er entdeckte die Fingernägel und auch die Fingerballen.

Als er all seinen Mut zusammennahm und sie kniff, spürte er ein leichtes Zupfen in den echten Fingern, als hätte das Zwicken eine Telefonpartie gemacht und wäre verflachter, verrauschter in ihm angekommen. Aber war das überhaupt möglich, waren diese Finger womöglich Einbildung? Schmidt war skeptisch, er brauchte mehr Beweise, es gab noch zu viele ungeklärte Fragen; wenn es sie nun wirklich gäbe, würden die unechten Finger wie die echten funktionieren, wären sie wie Antennen, würden sie die Berührungen auch dann übertragen, wenn sich das Original (Schmidt) weit weg von der Kopie befand?

Schmidt suchte in der Gerätekammer nach Irinas Föhn, dem Föhn seiner geschiedenen Frau, entstaubte ihn und blies an diesem wolkenlosen Sonntag die Fingerkuppen im Gras damit an. Das Blasen hörte er kaum, er trug gepolsterte Kopfhörer, Isolierpflaster an den Ohren und summte zur Sicherheit laut vor sich hin – keinerlei Beeinflussung bitte! –, als er tatsächlich etwas über seine Hand streichen fühlte: einen warmen Wind.

Von diesem Moment an schleppte Schmidt aus der Abstellkammer, aus sämtlichen finsteren Winkeln seines Hauses Gerätschaften, mit denen sich die Funktionsfähigkeit der duplizierten Finger nachweisen ließ (oder waren dies eher Fingertöchter und -söhne, hatten in seinen Händen Fingergeburten stattgefunden?), röstete seine inzwischen fast zur Originalgröße herangewachsene Hand mit dem Campingkocher etwas an, bewarf sie mit kleinen, selbst gerollten Alukugeln, Schokolinsen sowie steinalten Kichererbsen, und fing ein paar verirrte Ameisen und setzte sie auf der Handfläche aus; das Krabbeln spürte er allerdings nur, wenn er sich sehr konzentrierte, oder, wie er argwöhnte, seine Einbildungskraft bemühte.

Was ihn schließlich überzeugte, war das kalte Wasser aus dem Gartenschlauch. Fast konnte er die Nässe sehen, die Tropfen, die an der Haut herunterrannen, obwohl er staubtrocken im Wohnzimmer vor dem Fernseher saß und Gitarre spielte.

Inzwischen erlebten Schmidts Fingerklone in seinem Garten Begegnungen der dritten Art: Unmanikürt sprossen sie unter dem Apfel- und Kirschbaum, neben den Rosenbüschen und im Kräutergarten. Kurze Finger beschworen Bienen und Wespen, lange imitierten Rhabarber, Farne oder Gräser, eine Fliege landete auf einem Ringfinger, eine Hummel auf einem Daumen, der Mittelfinger piekste einen Igel, der durch das Laub wuselte.

Schmidt war der Fingergarten nicht genug; schon befummelte er mit seinen vermehrungsfreudigen Pfoten alles, was lebte, eine Zeigefingerkolonie belebte die Natur vor dem Fenster (ostseitig), sich im Wind wiegende Arme sah er, wenn er das Klo lüftete (westseitig), und – ziemlich zufrieden zog Schmidt ein geziemliches Grinsen – glaubte er eine Hand vorbeihoppeln zu sehen, hatte er doch gestern erst ein Kaninchen zu fassen gekriegt. An einem Rodeo beteiligt waren seine Greifteile auf dem Rücken des Nachbarkaters, Moritz der Name, und ein Hund aus der Siedlung, Hund unbekannt, Hund ohne Namen, trug zwei Sprösslinge am Becken; dem Wellensittich der Nachbarin hätte Schmidt nur zu gern eine Hand verpasst, aber Einbruch war seine Sache nicht. Noch nicht.

Die Versuchung jedoch war groß: Es war eine Droge. Schmidt war süchtig nach all den Tasterlebnissen, die er nun zu spüren bekam, seine erweiterten Arme waren mehr als Arme, sie waren Fühler, Spione, Forscher, denn sein Tastsinn hatte sich mittlerweile mit den anderen Sinnen verbündet und weiterentwickelt – er war mutiert, in die nächste Stufe der Evolution gesprungen, er war nun mehr als ein bloßes Spüren, mehr als ein Streicheln, Tupfen. Schmidt brauchte die Dinge nur noch zu spüren, um sie zu sehen und zu riechen; er sah, wenn er die Augen schloss, nicht mehr eine Welt, sondern viele Welten, er spürte nicht mehr eine vereinzelte Welt, sondern eine vervielfachte, und jede dieser Welten existierte zugleich, und er erlebte sie zugleich. Sie waren real, sie waren schrecklich schön real, denn er konnte sie berühren, was, fragte er sich, ist realer als das, was man anfassen kann? Und er konnte nicht aufhören, seine Welt zu vervielfachen, im Grunde ist es nicht mein Tastsinn, den ich ausweite, sagte er, sondern mein Blick auf die Welt, ich reise sensorisch, und diese Erklärung genügte ihm, um die biblische Vollendung in Frage zu stellen und sich an der Taille, der Hüfte, an den Ober- und Unterschenkeln jeweils links und rechts einen Arm wachsen zu lassen, kräftige, normallange Arme mit großen Händen.

Ich bin zwar kein Tausendfüßler, dachte Schmidt, dafür ein Zwölfhänder, und rechne ich alle meine Haare mit ein, übertrumpfe ich sogar die Würmer.

Inzwischen war Schmidt zum Meister seines Fachs geworden, mit nur wenigen gedanklichen Anweisungen bestimmte er, wie lang, groß und kräftig die Arme werden, in welche Himmelsrichtung sie wachsen, wonach die Hände greifen sollten. Die Kopien waren wirklich zu seinen verlängerten Armen geworden, und er steckte seine Finger in alles und jeden, niemand war vor ihm sicher: Der Nachbarin verpasste er Miniaturfinger hinterm Ohr, dem Postboten eine kleine Hand direkt an der Rückseite seines Unterschenkels (Ellbogen wäre Schmidt lieber gewesen, er wollte es aber nicht riskieren, zu schnell aufzufliegen), dem Schornsteinfeger eine kleine Hand auf der einen, kahlen Stelle seines Schädels, die dieser stets mit einem Käppchen zu verbergen versuchte; gefährlich lebte es sich dort, stellte Schmidt fest, Schweißperlen erspürte er häufig, Gefahr, aber auch Traurigkeit, ein schwaches Vibrieren, das nicht von Lachen begleitet wurde, dann streichelte Schmidt sanft seinen Wirt, wie es sich für ein braves Kuckucksei gehört.

Die Bewohner der Stadt W. waren mit der Transformation ihres Einsiedlers unzufrieden, tatsächlich stieß sie die Verwandlung vor die Köpfe und löste Ekel aus, viele weigerten sich, Schmidt die Hand zu geben, als hätten sie instinktiv seine Obsession erraten, nicht nur, weil sie Angst vor einer vermeintlichen Hautkrankheit hatten, auch aus praktischen Gründen – welcher der zwölf Hände gebe ich nun die Hand? – und furchtsam waren alle, die meisten zogen ihren Händen Schuhe an, als wäre die Gefahr der Ansteckung dadurch gebannt. Was sie nicht ahnten war, dass Schmidt nicht daran dachte, von seinem Hobby oder, wie er es sah, seiner *Sicht der Dinge* abzulassen, er reagierte schnell und konterte mit ein paar kurzen, scheinbar ungeplanten Berührungen, er stolperte, fiel, stieß mehr denn je mit seinen Mitbürgern zusammen, wie ungeschickt ich bin, sagte er laut und zählte insgeheim sein Heer, die Bearmten, das täglich größer wurde, hier ging es einzig um Quantität. Einige wenige suchte Schmidt aus, von ihnen war er besessen, von der Idee, diese Menschen in sein Arsenal der Arme und Hände zu integrieren, diese und keine anderen; ihnen stellte er nach, manchmal Tage, manchmal Wochen lang, ehe er sie zögerlich um die Hand bat, doch auch dann verpflanzte er sich nicht sofort, sondern wartete auf den richtigen Moment, obwohl er nicht wusste, wie ein solcher auszusehen hatte, und doch wartete er, gab den Ausgesuchten

Raum, Zeit, um schließlich während eines langen Gesprächs, während einer kurzen, aber intensiven Begegnung zuzuschlagen, und er suchte sich die Stelle genau aus, von der aus er beobachten wollte, musterte deren Körper, musterte die versteckten und öffentlichen Stellen, entschied sich erst nach langen durchwachten Nächten, die aber keineswegs qualvoll für ihn waren. Er war glücklich.

Die überzähligen Arme, Hände und Finger konnten kein Geheimnis bleiben, sie fielen Schmidts Opfern buchstäblich in deren Hände, beim Waschen, Duschen und Sex, und sorgten für unterbrochene Romantik, Kreischanfälle und Panikattacken.

Dermatologen waren die Lösung, sie waren zwar selbst ahnungslos und oft ebenfalls bearmt oder befingert, aber immerhin nicht vollkommen ratlos. Sie fertigten Krankengeschichten an: Wann haben Sie die Krankheit das erste Mal entdeckt? Mit welchen Menschen hatten Sie Kontakt, ehe Sie krank wurden? So wurde die Befingerung in den Aufzeichnungen zu einer Epidemie und ihr Verlauf in Begegnungen, Berührungen dargestellt, die eine nach der anderen überprüft wurde.

Noch schien die Krankheit nicht letal zu sein, sie schien sich auch nicht zu verschlimmern, vielleicht, spekulierten die Ärzte, handelte es sich bei ihnen um die Sonderform einer allzu menschlichen Warze? Die Arme, Hände und Finger wurden genauestens untersucht: Sind es überhaupt Arme, Hände und Finger? Sind sie menschlichen Ursprungs oder geben sie bloß vor, menschlich zu sein? Was befindet sich in ihnen, das Gleiche, was sich in unseren Armen befindet oder etwas vollkommen anderes? Diese und ähnliche Fragen geisterten durch die Spitäler. Etwa zu dieser Zeit wurde ein Einbrecher gefasst, ein Spätberufener; ihm wurde die Entdeckung der dritten Hand, die praktischerweise aus seiner (rechten) Hand gewachsen war, zum Verhängnis, da er sie als Wink des Schicksals auffasste und sich von nun an zum Räuberdasein berufen sah, ein Einbrecher, der nur leider nichts mit Alarmanlagen anfangen konnte und auch keine Ahnung davon hatte, wie man eine Flucht gestaltet – dass man am besten seine Beine in die drei Hände nimmt und rennt, sobald die Sirenen der Polizei ertönen, und sich nicht einfältig in eine Ecke duckt und die Augen schließt, war ihm nicht bekannt. Nicht immer funktioniert das Spiel *Was ich nicht sehe, gibt es nicht.*

Nach der Verhaftung wurde der Einbrecher der Spurensicherung anvertraut. Der zuständige Polizist nahm ihm die Fingerabdrücke ab, und da diesen keine wissenschaftlichen Bedenken quälten, für ihn die dritte Hand demnach eindeutig eine Hand war, noch dazu eine, die in ein

Verbrechen verwickelt war, nahm er nicht nur deren Abdrücke ab, sondern verglich sie auch mit jenen in der Verbrecherdatenbank – und musste etwas Erstaunliches festellen: An diesem Verbrechen war nicht eine, sondern zwei Personen beteiligt. Der Räuber hatte einen Komplizen.

In der Zwischenzeit hatten die Ärzte zu Ende gedacht und beschlossen (da sie sich nichts anderes vorstellen konnten), dass es sich bei den überzähligen Armen, Händen und Fingern um Warzen handelte, die man ohne nachteilige gesundheitliche Folgen abschneiden konnte. Die Patienten wurden zu Chirurgen gejagt, diese hatten schon die Elektrosägen und Skalpelle gezückt und schnippelten, zack zack zack, die Arme ab.

Es schmerzt, es hätte mir eigentlich klar sein müssen, dachte Schmidt. Jede Hand, die er verlor, jeder Arm, der abgetrennt wurde, tat weh, ein Phantom von einem Schmerz, der in den originalen Armen und Händen saß und ihm vorgaukelte, es würden seine eigenen Gliedmaßen abgetrennt. Schmidt schloss sich in sein Schlafzimmer ein, zog die Vorhänge zu, vergrub alle zwölf Arme in der Decke und versuchte zu schlafen. Es war nicht allein der körperliche Schmerz, der ihm zu schaffen machte, es schien ihm, als würde man seine Welt zerkleinern – als würde man sie zerstören, unbereisbar machen. Mittlerweile hatte der Polizist den Besitzer der Komplizenhand ermittelt, einen gewissen Herrn Schmidt; dumm, wenn lange Finger schon früher eine Rolle im Leben spielten und man sich erwischen ließ. Doch noch dementierte der Einbrecher diese Komplizenschaft, er wollte sich seine Lorbeeren nicht von einem *Kollegen* zerquetschen lassen, der nicht einmal *ganz* bei der Sache dabei gewesen war. Später aber änderte sein Anwalt diese Ansicht: Im Gegenteil, die Idee zum Einbruch stammte von der Komplizenhand. Sie hat den Einbruch geplant und ausgeführt!

Und schon war die Polizei unterwegs.

Als es an der Tür klingelte, war Schmidt gerade dabei, aus dem Bett hervorzukriechen, seine Hand in die Luft zu strecken und alle Finger zu dehnen; es war Tag, und es war bewölkt.

Schmidt linste durch den Spion. Polizisten, was wollen die nur? Fast erwartungsvoll bat er sie ins Wohnzimmer. Doch anstatt ihm spannende Einzelheiten über kannibalische Familienväter oder eingekerkerte Stieftöchter zu erzählen, legten sie ihm Handschellen an und verhafteten ihn.

Schmidt wurde trotz seiner überzeugenden Verteidigung, „ich war es nicht, es war nur meine gepflanzte Hand!“, für schuldig erklärt, jedoch erbarmte sich der Richter seiner und verurteilte ihn nicht zu einer

Gefängnisstrafe, sondern zu einem Aufenthalt in der Irrenanstalt. „Verrückt ist nicht nur Schmidts Erscheinung“, sagte der Richter, „etwas ist hier ganz eindeutig faul“, und deutete mit einer Kopfbewegung auf Schmidts Fühler. Die Diskussion, ob „so etwas“ in einer öffentlichen Anstalt erlaubt sei, egal welcher Art und wie zahlreich, wurde abrupt unterbrochen, als Schmidt auf dem Wärter, der ihn aus dem Gerichtssaal führen wollte, Finger anpflanzte. Seine Verteidigung, „ich wurde festgehalten, es war nicht meine Schuld, wie hätte ich mich gegen seine Bärenhände wehren können?“, wurde abgewehrt.

Der Richter sah ein, dass der Gefangene in einem außerordentlichen Ausmaß abartig war, aber auch, dass diese Abartigkeit eine Gefahr war (für alles Organische), und er befahl, den Gefangenen an einen Tisch zu schnallen, sodass dieser sich nicht bewegen konnte, und ihm alle zwölf Arme samt Augensprossen abzuhacken.

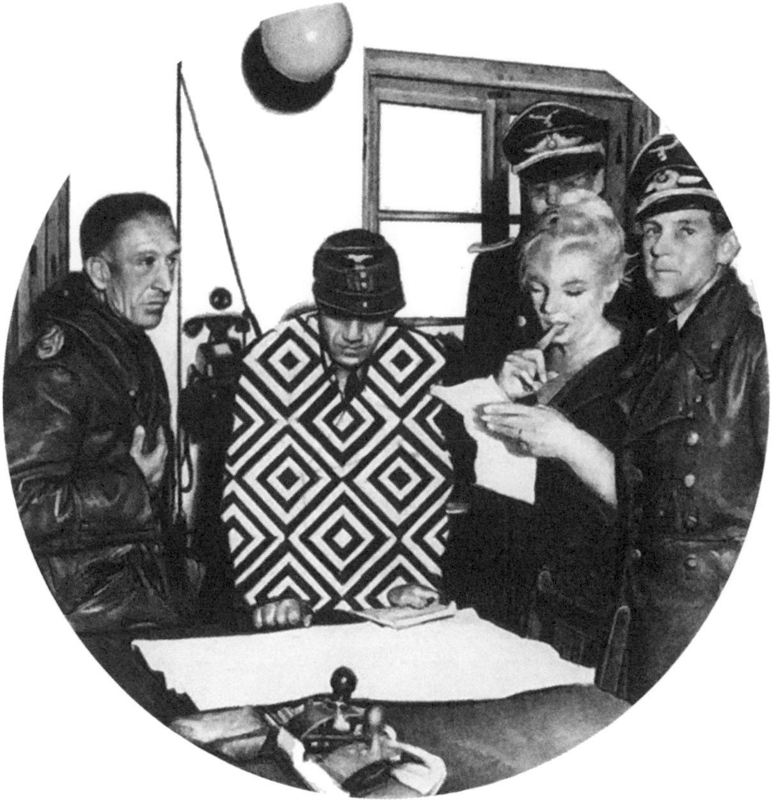

Ein Dialog entsteht. Ein Nachwort.

Anna Kim und Kristian Evju. Die Künstler.

Bilder zeichnen. Das Material.

Ein Dialog entsteht

Die Geschichte des Buches „Fingerpflanzen“ beginnt im Sommer 2015, als Kristian Evju in der Venet Haus Galerie, Neu-Ulm, seine Zeichnungen erstmals in Deutschland zeigte. Was Kim mit Worten erschafft – eine seltsam schwerelose, elegante Sprache umkreist elf Selbstmorde in der frostigen Einsamkeit einer Nacht – gelingt Evju mit dem Zeichenstift. Hier wie dort ist die Landschaft oder der Raum das bestimmende Element, innerhalb dessen sich die Figuren mit einer in ihnen festsitzenden Einsamkeit und Kommunikationsunfähigkeit auseinandersetzen müssen. Kim beschrieb einmal eine „endlose, weiße Weite“, die sich in ihrem Kopf festgesetzt habe, nachdem ihr Bruder ihr aus Büchern über Grönland vorlas. Ein Traumland, das sich den Vorstellungen der Europäer stets entzog und Symbol wurde für eine Natur, die sich den Beherrschungsversuchen des Menschen entzieht.

Über die Venet Haus Galerie kam der Kontakt zwischen Anna Kim und Kristian Evju zustande. Die Künstler fanden Gefallen an der Kunst des jeweils anderen, ein Dialog entstand, der auf die Bilder und die Texte einwirkte: Kim schrieb Geschichten für Evjus Bilder oder adaptierte bestehende Erzählideen auf ein bestimmtes Bild hin. Umgekehrt schuf Evju Bilder zu Kims Erzählungen.

Kim und Evju sind Meister ihres jeweiligen Faches. Sie verstehen es, Atmosphäre zu erschaffen und die Realität mit dem Traumgeschehen zu verknüpfen, so daß der Rezipient ihrer Arbeiten hineingezogen wird in die Weite, die Unerklärbarkeit der vorgestellten (erzählten) Dinge. Man ist mitten im Geschehen, selbst wenn dieses zwischendurch den Schwebezustand eines Traums annimmt. Beide Künstler formulieren durch ihre jeweilige Kunst einen Zugang zu Visionärem, Traumhaftem, Irrealem, das doch immer seine Wurzeln in der Realität hat, mit all ihren geschichtlichen, politischen, sozialen und künstlerischen Facetten.

Die Künstler

Anna Kim geboren 1977 in Südkorea, lebt seit frühester Kindheit in Wien und hat sich als Autorin von Romanen und Essays einen Namen gemacht. Sich bewußt den Anforderungen eines modernen Social-Media-Profils verschließend, findet Kim zu einer klaren, menschlichen und subtilen Erzählweise, die oftmals eine starke politische und gesellschaftliche Note hat. Schon ihr erstes Buch "Die Bilderspur" ging der Frage nach, wie die Politik in das Leben einfacher Bürger hineinwirkt, welche biographischen Brüche Menschen auszuhalten und zu gestalten haben. Die Verstrickungen von Weltpolitik in die Biographien eines jeden Individuums sind Thema bei Anna Kim. Das immer wieder befürchtete "Versinken in die Geschichtslosigkeit" (Karl Marx) wird durch AutorInnen wie Anna Kim bekämpft, ihre Prosa ist wahrhaftiger, wirksamer und lebendiger als das Gros der faktenbasierten Prosa, wie sie heute so überaus beliebt ist. Mit den hier vorliegenden Erzählun-gen freilich zeigt die Autorin eine neue und durchaus überraschende Facette: sie erweist sich als Erzählerin, die auch mit dem kleinen Format bestens zurechtkommt und dabei auch viel Humor und Freude an surrealer Wirklichkeitsausdehnung zeigt. Wobei ihre "Fingerpflanzen" keine surrealen Spielereien sind, sondern immer klar einer erzählerischen Linie folgen und manchmal ganz konsequent sinnliche Wahrnehmungen mit der absurden Komik äußerster Logik erfassen oder kleine Dramen entwickeln aus einem einzigen mehrdeutigen Wort heraus.

Kristian Evju. Die ersten Striche, mit denen der 1980 geborene Künstler seine Zeichnungen anlegt, sind so fein, daß man sie kaum sieht. Schritt für Schritt verdichten sich die Gefüge aus realistischen und surrealen Elementen, aus Figuren und geometrischen Strukturen. Seine Arbeitsweise ist der eines Schriftstellers nicht unähnlich: Er sucht eine Geschichte, er sucht (und findet) Charaktere.

Nach dem Studium am Edinburgh College of Art und dem Chelsea College of Art trat seine Kunst einen Siegeszug durch die Galerien an. Was ihn als Künstler fasziniert, ist die Art, wie unser Bewußtsein und das Unbewußte die Wirklichkeit filtern, wie insbesondere das Unbewußte Erinnerungen und neue Denkweisen freigibt. "Ich sehe mich als Arrangeur von Konversationen, in denen sich die Teilnehmer – ob es nun Tiere, Objekte oder Personen sind – in einer Art von gefrorenem Schwebezustand befinden. (...) Meine Kompositionen sind wie Drehbücher – ohne festgelegte Handlung, wie ein episches Drama ohne Action, ja ohne Bewegung. Der Moment, der sie darstellt, existiert nicht, hat vielleicht niemals existiert, und dennoch ist es wahr. Ich habe beschlossen mit dem Stift auf Papier zu arbeiten um quasi die langsame Entstehung eines Bildes zu zelebrieren“.

Bilder zeichnen

Kristian Evjus Zeichnungen sind der Kulminationspunkt eines langen Sammelprozesses: Hunderte von Bilder und Bildauschnitten sowie Worte, Assoziationsbrücken und Fragmente des Internets bilden für Evju eine Art Datenbank, aus der er schöpft. Aus dieser ungeheuren Menge von Vorlagen filtert er Elemente, die zueinander in Beziehung treten. So finden sich in seinen Zeichnungen und Gemälden ausschließlich Figuren und Elemente, die miteinander korrespondieren und gemeinsam etwas erzählen. Anstatt also bloße Wiedergaben von Realitätsausschnitten zu sein, stellen Evjus mit feinen Details ausgestattete Werke eine Reise ins Unterbewußte und damit in die collagierenden Prozesse menschlichen Denkens dar. Ihre poetische Zugänglichkeit erhalten die Motive aus bekannten oder zumindest bekannt wirkenden Elementen der Gegenwartskultur, die Evju mit der subtilen Dramaturgie eines Bühnenbildners zu narrativen Labyrinthen voller ungeahnter Schönheiten und Schrecken fügt.

Durch die radikale Reduktion der Farbpalette, durch die Verfremdungen und "Beschränkung" auf ein Medium wie das Papier als Bildträger erhalten die Bilder für Evju geradezu "autobiographische" Qualität. Dazu mag auch beitragen, daß in vielen Zeichnungen der Strich des Grafitstifts und somit die Linienführung der Künstlerhand in unterschiedlich starker Ausprägung sichtbar bleibt. Evju nutzt die ganze Bandbreite von Strichstärken und -härten, von 6H bis 8B.

Bilderverzeichnis

Technik: Graphitzeichnungen auf Papier

Die Texte schrieb Anna Kim 2016 in Wien und Berlin zu und mit den Bildern von Kristian Evju, der diese 2014 bis 2016 in London zeichnete. Das Frontispiz für den Titel entstand exklusiv für diese Ausgabe. Das Lektorat und Korrektorat besorgte Renate White, Ulm. Das Buch wurde in der Orginal Garamond und Metropolis gesetzt, für die Überschriften wurde die Nexa verwendet. Druck und Bindung erstellte Beltz, Langensalza, auf Fly 05 von Schleipen. Gestaltung, Satz und Herstellung fertigte Sonja Poll, atelier feinBuch mit Unterstützung von lahaye tiedemann gestalten in Ulm.

Die erste Auflage beträgt 800 Exemplare.

Neben der Buchhandelsausgabe erscheint eine Vorzugsausgabe in einem Handeinband in Orginalpapieren von Sonja Poll mit 23 nummerierten Exemplaren.

ISBN 978-3-946423-08-9